바람 앞에 서 있는 청춘이

민들레꽃처럼

밝은 희망을 찾길 바라며

Over a Wall
Prose
7

바람 앞에 서있는 청춘이

민들레꽃처럼 포공영 에세이

밝은 희망을 찾길 바라며

담장너머

코로나19가 선물한 청춘을 위한 글

글을 쓴다는 것은 삶의 몸부림이다.

치열한 생존경쟁 속에서 알게 모르게 받게 되는 스트레스를 푸는 방법이다. 스트레스를 받아 성질난다고 지나가는 사람 붙들고 주먹질할 수도 없고 욕도 할 수 없지 않은가. 어떻게 하다 술 한잔으로 풀고 노래방에 가서 목이 터지게 노래로 풀기도 한다. 땀이 줄줄 흐르도록 운동으로 풀기도 하지만 예술을 하는 작가들은, 특히 시인·수필·소설가들은 하얀 원고지에서 스트레스를 푼다.

세상에서 받은 다양한 스트레스와 사회적 문제점을 재료로 시인은 짧고 함축적인 참여시를 쓰고, 수필가는 느낀 대로 마음 가는 대로 짧은 비판의 글을 쓰고, 소설가는 스토리를 만들어 재미있게 스트레스를 풀어 놓는다. 특히 2020년과 2021년 사이 코로나19 바이러스와 어수선한 국내외 정치적 상황으로 인해 받은 여러 가지 스트레스를 작품으로 풀어 놓았다. 코로나19 바이러스 감염을 피해 외출을 자제하고 집안에서 은거하는 기간이 길어지자 무료함을 달래기 위해 독서를 더 많이 하고, 영화 감상을 하고, 바둑을 두고, 운동도 한다. 그래도 남은 시간에 절필을 선언하고 쓰지 않던 글을 다시 쓰게 되었다.

젊은 청춘을 대상으로 주제를 선정하여 30여 년 교직에 몸을 담고 생활해오는 동안 미쳐 다 비우지 못한 절절했던 말을 토로한 것이 책으로 묶어도 좋을 만큼 분량이 되어 출판하기에 이르렀다.

이 글은 전적으로 온 국민과 세계 시민을 불안과 공포에 떨게 하는 그 못된 악명 높은 코로나 덕분에 탄생하게 된 글이다. 개인적으로 코로나가 미워도 청춘을 위해서 다시 글을 쓰게 만든 코로나가 역설적인 아픔이다.

21세기 길목에 서서

眞如無量 포 공 영 씀

| 포공영 |

부서지기 위해 태어난 풀꽃은 없다

부서지기 위해 태어난 풀꽃은
세상에 없다
예전에도 훗날에도 없다

무심히 모이고 이루어지고 뭉쳐져
홀로 쓸쓸히 울며 와서
저마다 하늘 뜻 우러러 꽃 피웠다

바람에 무심히 흔들리는 풀꽃도
마침내 나누어지고 헤어지고 흩어지는 것을
누가 부서지지 않도록 막을 수 있겠는가
어디서 영원을 찾으려 하겠는가

온전히 부서지기 위해
꽃은 그렇게 피고 지고
꽃은 또 그렇게 흔들린다

1부 _ 작은 것이 큰 것이다

2부 _ 아름다운 욕심은 욕심이 아니다

3부 _ 인생은 약속이다

4부 _ 큰 나무가 바람을 많이 탄다

5부 _ 돌담에 피는 민들레꽃처럼

작은 것이 큰 것이다

한 사람의 인간인 나는 큰 것과 작은 것의 중간자로 세상을 응시하며 산다.
크다고 다가 아니며 작다고 그게 다가 아니라는 것을 생각하며 "가장 작은
것이 가장 큰 것이다"라는 명제에 마음을 두고 산다.

1부_

존재의 무게는 한사람이 78억 명과 같다

　　나의 몸무게는 60kg 정도 되지만 '존재의 무게', '존엄성의 무게'는 지구 상의 총인구수 약 78억 명의 존재의 무게와 같다. 왜냐하면 내가 존재함으로써 78억 명 한 사람 한 사람의 존재 가치를 높이 인정할 수 있고, 존엄성을 논할 수 있기 때문이다. 다시 말하면 내가 존재하지 않으면 78억 명의 존재 가치도 존엄 성도 인성할 수 없다. 존재 가치와 존엄성은 나로부터 시작되기 때문이다.

　　철학적으로 인간이 인간이기 때문에 존재 그 자체를 부정하거나 범할 수 없는 고상한 성질. 아무리 흉악한 인간이라도 그 죄를 뉘우치고 선한 사람이 될 수가 있는 가능성을 지니고 있기에 그의 존엄성이 부인되거나 거부되어서는 안 된다.

이처럼 인간은 물리적 능력인 체력뿐 아니라 정신력, 창조력, 상상력을 포괄하는 이성을 가진 동물로서 만물의 영장인 것이다.

그러나 인간을 제외한 모든 유기체는 인간이 가진 철학적 물리적 능력을 갖추지 못했지만 같은 종끼리는 언어와 종을 번식시킬 수 있는 능력을 지니고 있으므로 만물의 영장인 인간과 존재의 무게는 언제나 같다고 할 수 있다.

그러므로 나의 존재의 무게는 지구상의 총인구수와 맞먹는다 할 수 있다.

비단 인간만 존재의 무게, 존엄성이 있다고 제한하여 말할 수 없다. 소위 이 땅에 존재하는 모든 유기체로서 생명체는 그 존재의 무게와 존엄성은 같다 하겠다. 물론 만물의 영장인 인간이 가진 능력과 역할을 비교할 수 없겠지만, 이름 모를 작은 풀 한 포기, 쉽게 눈에 띄지 않는 작은 미물이나, 개미, 벌, 나비, 메뚜기와 같은 곤충, 닭, 꿩, 독수리와 같은 난생 동물이나, 호랑이, 사자, 사슴, 얼룩말과 같은 포유류도 존재의 무게는 언제나 같다.

왜냐면 모든 유기체는 한 번 태어나서 한 번 죽으면 그 존재의 형체가 사라지고 재생되지 않기 때문이다. 다시 말해 질량 불변의 법칙에 따라 존재 자체 유무에 따른 변화는 발생하지 않지만, 지수화풍(地水火風)으로 이루어진 그 몸은 흩어져 자연으로 돌아가고 마는 것까지 인간과 같다, 그래서 모든 유기체 존재의 무게는 같다고 한 것이다.

만물의 영장이라서 내가 귀하고 아름답다고 생각한다면 풀도 나무도 동물도 역시 귀하고 아름다운 것이다.

인간은 인간이 생존하기 위하여 지구상에 존재하는 모든 유기체를 먹이로 하고 그 먹이를 많이 확보하기 위하여 각종의 종과 종끼리 약육강식 틀을 벗어나지 못하고 싸우며 살아간다.

인간이라 해서 무차별적으로 풀이나 나무, 곤충, 조류, 동물을 함부로 살상하거나 힉대해서는 안 된다. 현재 같은 시대 같은 공간에서 같은 물을 마시고 같은 공기를 마시며 공존하는 모든 유기체는 더불어 살아갈 권리가 있고 서로 보호할 의무가 있기에 서로서로 사랑하면서 살아야 한다.

작은 것이 큰 것이다

우주는 크기, 부피, 넓이를 현대처럼 발전된 계량학으로도 정확하게 측정할 수 없다. 우리가 밤 하늘에 작게 멀리 희미하게 보이는 시리우스라는 별은 크기가 태양의 몇 배나 되며 몇 억 광년의 거리에 있다. 말이 광년(光年)이지 태양의 빛이 1초에 지구를 7바퀴 반이나 돌 수 있는 데 그 빛의 속도로 1년도 아니고 10년도 아닌 몇 억년을 달려가야 닿을 수 있는 곳에 버티고 사는 별이 시리우스라는 별이다.

우주의 크기는 인간의 능력으로 헤아릴 수 없어 상상할 수 밖에 없는 광대 무변함을 말해준다. 우주에는 태양계와 같은 크기의 별들이 1조개 이상 존재한다고 천체우주과학자들은 말 한다. 또 태양계와 같은 크기의 별들은 수 많은 행성과 위성을 거느린다 한다.

인류가 사는 성단에 속한 태양계는 대우주에 비해 수 만 수 천분의 1도 안되는 작은 우주가 아닌가 생각한다. 우주에 비해 그렇게 작은 태양계 있어서도 태양의 6000분의 1정도 밖에 안되는 행성, 바로 우리 인류가 사는 푸른 별 지구가 아닌가?

78억 인류가 사는 푸른 별, 지구는 5대양 6대주로 나눈다. 지구의 표면 4분의 3이 해양 즉, 바다이고 1이 육지라 한다. 그 중에서도 인간이 거주 가능한 지역은 열악한 극지방과, 사막 그리고 고산지대를 제외한 약 87% 정도가 되며, 아시아, 유럽, 아프리카, 오세아니아, 북아메리카, 남아메리카 주로 나눈다. 우리나라는 아시아 주에 속한다. 아시아 주는 또 얼마나 넓은가? 우리나라 국토면적은 약 22만㎢의 약44배 크기의 중국이 있고 중국의 약 2.3배의 크기인 구 소련(2.240㎢)이 있다. 우리나라는 22만 ㎢ 중에서도 북한이 약 12만4천㎢가 되고 순수 우리 자유대한민국의 땅은 9만6천㎢정도가 되나 간척사업을 활발하게 전개한 까닭에 지금은 약 10만㎢ 정도가 된다.

그러한 우리나라도 서울서 부산까지 고속도를 승용차로 달리면 약 5시간 걸리고, 기차로도 약 5시간, 비행기로 한시간 정도가 걸린다. 물론 지금 KTX고속열차로 달리면 3시간 이내로 달릴 수 있는 거리이다. 그러면 사람이 걸어서 서울서 부산까지 가면 몇일 몇 시간 정도 걸릴까 하루 평균 40㎞를 잡더라도 약 13일 정도 걸리는 거리가 된다. 서울은 어떤가 남쪽에서 북쪽 끝까지 가장 시간이 정확하고 빠르다고 생각되는 지하철도를 이용해서 2시간 정도 소요되는 거리가 된다. 서울은 25개 행정구역으로 나누어져 있다. 한 구역도 가까운 산 위에 올라가서 내려다 보아도 한 눈에 볼 수 없을정도 넓고 크다. 그 사이에 높고 낮은 빌딩들의 숲은 이루고 형형색색 주택들이 끝없이 들어차 있다. 골목길로 접어 들어 걸어보면 어디가 어디인지 분간할 수 없을 정도로 복잡하고 넓음을 알 수 있다. 서울은 세태와 사람 뿐만 아니라 거리마다 눈 밑에 코베가는 요지경 세상이다. 서울의 인구는 얼마나 될까? 약 1000만명 정도 된다. 그 중에 한명인 나는 우주에 비해 태양에 비해 지구에 비해 대한민국에 비해 서울에 비해 얼마나 작고 왜소한 존재인가?

나는 160㎝ 키에 60㎏ 몸 무게가 나가는 작고 왜소하고 보잘 것은 사나이며, 존엄성이 강한 존재이다. 그러나 작지만 남들이 하는 일은 다할 줄 아는 평범한 국민의 한 사람에 해당한다. 중국의 거인 등소평이 5척 단구였지만 13억의 인구를 통솔하는 배포가 큰 사람이었듯 작아도 결혼해서 아들 딸 낳고 잘 살고 있다. 가정생활에 있어서도 남편으로서 책임과 의무를 잘 수행할 뿐만 아니라 자식들의 부모로서 책임과 의무도 다하려고 노력하고 애쓰는 모범적인 가장이라고 떳떳이 말하고 싶다. 물론 아내에게나 자식들에게 이 따금 실수도 연발하는 속물이기도 하다. 나(我)라는 한 인간은 우주에 비해 먼지도 되지 않는 지극히 미미한 존재이며 지구의 크기에 비해서도 너무나 작고 작은 생물적 동물적인 인간이다. 그러나 나는 만물의 영장인 인간이다. 그러므로 나는 때로는 소수 인간 집단을 통솔하기도 한다. 소나 말, 돼지, 개 닭, 오리, 토끼 등 다른 동물과 달리 사고력과 이성 그리고 언어를 가진 사람이다. 개미나 거미 모기 파리처럼 익충이거나 해충이거나 아주 작은 미물에 비해보면 나는 얼마나 크고 위대한 존재인지 모른다.

개미의 예를 들어보면 개미의 몸무게가 얼마나 되는 지 밝힌 기록이 없다. 그러나 짐작컨대 개미의 몸무게는 1그램의 1000분의 1마이크로 그램쯤 된다면 내 몸무게가 60㎏정가 되니 이를 환산하면 60000그램이 정도 되지 않을 까 추측 해본다. 개미 6천 만마리 정도가 될 것이다.

개미 6천 만마리 몸무게와 크기가 같다고 생각해보면 나는 얼마나 큰 거인인가? 개미의 세계에서 왕 노릇을 해도 무방하지 않을 것이다. 그렇게 위대한 인간이 독개미에게 물리면 목숨을 잃을 수도 있는 것이 인간이다. 이 얼마나 아이러니가 아닐 수 없다. 어찌 하였던 개미에 비해 나는 우주가 된다. 큰 것이 모두가 큰 것이 아니며, 작은 것이 모두가 작은 것이 아니라는 사실로 이해할 수 있다. 진정으로 큰 것이 무엇이며, 작은 것은 또 엇일까?

큰 것이란 작으면서도 큰 것을 능히 제압할 수 있어야 한다. 큰 것을 포용할 수 있으며 큰 것을 가슴에 담아 놓고 가꿀 수 있다. 눈 속에 세상 모두를 넣어도 우주 크기와 같은 여백이 있다. 개인의 행복과 삶을 포기하고 산 예수나 석가와 같은 분이 진정 큰 사람이라 생각한다. 그렇듯 큰 뜻을 능히 펼 줄 아는 사람이 작은 사람이며 큰 사람일 것이다.

작은 것이란 아무리 커도 작은 것에 제압당한다. 인간사에 일어나는 많고 많은 사건과 사실들을 이해하지 못하는 것이다. 세계와 나라, 인류와 인간을 위한 큰 포부가 없는 사람이다. 무얼 먹을까? 무얼 입을까? 항상 염려하는 동물적 본능으로 사는 사람이 크면서도 작은 사람이라 할 수 있을 것이다. 국가나 사회, 나아가서는 인류의 행복과 삶의 질을 향상시키려고 염원하는 사람이 큰 사람이며 시대가 요구하는 사람이다.

눈을 감고 땅을 내려다 보라 기어가는 개미 앞에 나는 얼마나 큰 존재인가?
또한 눈을 들어 먼 하늘에 반짝이는 별들을 받들어 보라.
나는 얼마나 작고 왜소한 존재인가?
한 사람의 인간인 나는 큰 것과 작은 것의 중간자로 세상을 응시하며 산다. 크다고 다가 아니며 작다고 그게 다가 아니라는 것을 생각하며 "가장 작은 것이 가장 큰 것이다"라는 명제에 마음을 두고 산다.

살찌게 하는 인연들

누구나 한 생을 살아오면서 알게 모르게 만나고 헤어진 사람은 수도 없이 많을 것이다.

나의 삶에 도움이 되었다면 선연이라 하고, 해가 되었다면 악연이라 한다.

한참을 묵묵히 또박또박 밟고 걸어온 길과 정신없이 앞만 보고 달려온 길을 돌아보면 선연도 악연도 참 많았던 것 같다.

첫 번째로 내가 만난 좋은 인연은 방황하던 청소년 시절에 간접적으로 만난 인연으로 삶의 방향과 신념을 심어 주었던 분으로 실존주의 철학자 니체, 쇼펜하우어 등의 저서를 읽는 동안 특히 키에르케고르 『죽음에 이르는 병』을 여러 번

읽는 동안 염세주의가 되었다.

죽음에 대하여 밤마다 생각하고 꿈꾸며, 언제 죽을까? 죽으면 어떻게 죽을까? 죽지 않으면 어떻게 될까? 등 밤새도록 잠 못 이루고 생각하다 터득한 것이 '죽지 않는다면 칠십만 살의 피골상접한 할아버지 할머니와 함께 산다'고 생각하니 끔찍하고 무섭게 느꼈다.

인간이 나무보다 풀보다 많을 것이고 궁극에는 양식이 모자라 자식을 낳아 잡아먹어야 하는 극한 상황까지 처하게 될 것이라 생각하니, 죽는 것이 순리라는 것을 알게 되었고, 인간으로 태어나서 끝내 죽기 때문에 사는 동안에 인간답게 멋지게 살다가 가야한다는 것을 절절하게 깨닫게 되었다.

두 번째로 내가 만난 인연으로 세상과 진리에 대하여 눈을 뜨게 해 준 한학자 이도화라는 팔순의 어른이 계셨다. 이분은 한마을에 사는 분으로 조선말의 학덕 높은 유학자로서 유유자적 농사를 짓고 계셨는데 찾아가서 한문을 가르쳐 줄 것을 청하여 배우게 된 것이 천자문과 명심보감 대학 논어 초 권까지 3년을 읽었다. 이분에게 배운 한문 실력이 사회생활에 큰 도움이 되었다. 특히 인성 형성의 중요성과 한문의 필요성과 효용을 많이 가르쳐 주셨다.

세 번째로 내가 만난 인연으로 이름만 들어도 대한민국 국민은 다 알 수 있는 유명한 철학자이다. 그분은 바로 KHS라는 분으로서 그분의 저서 『영원한 사랑의 대화』와 『고독에 이르는 병』을 읽고, 가난한 농촌에 사는 소년으로서 소를 끌고 가는 삶을 살아야 합니까? 소를 타고 가는 삶을 살아야 합니까? 소를 몰고 가는 삶을 살아야 합니까? 라는 세 가지 질문의 편지를 드렸다.

철학자께서 답장하시길 어떤 삶을 살아도 틀린 것이 아니고 옳은 것이라 할 수도 없다. 현재 청소년이 처한 상황을 생각해보면 중요한 것은 먼저 제도권 교육을 받을 필요성을 강조하셨다.

항해사가 길을 찾지 못하여 칠흑의 험한 바다를 헤매다가 등댓불과 같은 이정표를 발견할 수 있을 것이라 말씀하시면서, '무엇을 해야 할까? 어떤 길을 가야 할까?'를 알게 될 것이라 조언을 해 주셨다. 그 말씀을 전해 듣고 과감하게 어려운 농촌 생활을 접고 고향을 탈출하여 제도권 공부를 하고 끝내는 교사의 길을 갈 수 있었다.

네 번째로 내가 만난 인연은 여러분의 목사님이 계셨다. 고향이 경북 성주라 가끔 가고 오는 과정에서 만난 분으로 지금은 모두 고인이 되신 새문안교회 강신명 목사님, 영락교회 한경직 목사님, 성결교회 김정호 허경삼 목사님을 만나 좋은 말씀과 신앙의 필요성인 성서의 선민사상 등의 배움을 주셨다.

그래서 교회를 30여 년 이상 다니게 되었고, 여물지 못한 신앙생활이지만 성실하게 성경책을 읽으면서 나를 다듬고 가꾸어 갈 수 있었다.

아버지께서 돌아가시고 난 후에 제사 문제로 신앙도 바뀌고 색깔이 바래어 개종하였다. 성당에 다니다가, 불교를 접하게 되어 비로소 내게 적합한 종교가 무엇인지 알았고 나의 신앙과 내가 배워야 할 교리는 불교라는 것을 알았다. 불교는 무엇보다 높고 낮음 없는 평등함과 깨끗해 티가 없는, 그 진실함이 부처님의 마음이라는 사실에 접하게 되고 마음에 들어 지금까지 불교 경전을 계속 독송하고 사경하며 신심을 닦고 있다.

다섯 번째 내가 만난 인연으로 32년을 근무한 학교 교장 선생님이셨다. 지금은 고인이 되신 김광희 교장 선생님이다. 교장 선생님은 온화한 얼굴에 다정한 말씨로 감화 감동을 주는 덕장이셨다.

선생님을 만나게 된 사연은 이러하다. 선생님이 근무하는 학교가 사립 상업

고등학교로 신임교사를 채용한다는 정보를 지인으로부터 받고 이력서를 들고 다짜고짜 찾아가 만난 분이다.

불문곡직 교장실로 찾아 들어가 인사를 하고 이력서를 드리면서 신임교사를 채용한다는 정보를 받고 찾아왔다고 말씀드렸다. 교장 선생님께서는 이력서를 펼쳐 한참을 살펴보시더니 한자를 잘 썼다고 하시면서 이것저것을 물어보시고 난 다음 흔쾌히 신학기부터 함께 근무하자고 하셨다. 신학기 3월이 되자 교장 선생님을 모시고, 10여 년을 함께 근무하게 되었다.

함께 근무하는 동안 교직에서 경험이 없는 신임교사라 많은 실언과 실수를 하면 조용히 교장실로 불러 잘못을 지적하시면서 누구나 겪을 수 있는 일이니 너무 괘념치 말고 되풀이하지 않도록 노력하라고 하시고 따뜻하게 위로와 격려를 아끼지 않으시며 교사로서 직분을 다할 수 있도록 이끌어 주신 분이시다.

방학 때 한가한 시간이 되면 전화로 불러 바둑을 두자고 하시기에 모든 일을 접고 선생님을 만나 바둑을 두고 난 다음 점심 식사를 함께하기도 하였다.

지금에 와서 돌이켜 생각해보면 여러 학교 교장 선생님들은 학벌이나 인품이 절대 함양 미달인 나를 교사로 발령을 내지 않았을 것이라 미루어 생각해 볼 때, 나를 사람답게 살게 해 주셨고 가족을 부양할 수 있도록 아껴 주신 김광희 교장 선생님의 은혜는 영원히 잊을 수 없을 것이다.

교장 선생님 덕분에 한 학교에서 30여 년을 근무하는 동안 함께 근무하고 함께 동료의 정을 나눈 동료 교사로서 인과 관계가 분명한 분으로 나이가 동 연배가 되는 CYS라는 분과 나이가 연하인 KSK, KYS, KHC, SSH, PKM, 분으로 여생을 함께할 수 있는 분이라 생각한다. 이분들에게 항상 감사하고 나이를 떠나 지기지우(知己之友)할 수 있는 분으로 생각되어 친구처럼 형제처럼 생각하며 이 목숨 다할 때까지 온 정성을 다해 함께 할 것이다.

여섯 번째 내가 만난 인연으로는 BPS라는 역학자이시다. 이분을 만나게 된 계기는 서울대학교 상대를 졸업한 공인회계사이며 회계그룹을 이끌고 계시는 LSK이란 분과 역시 서울대학교 법대를 졸업한 변호사로서 법무법인을 이끌고 계시는 ADI이라는 분이 계셨는데, 이 두 분은 불교대학에서 여름방학을 이용해서 명산 고찰을 찾아 2박 3일 동안 만일 염불 정진 대회를 하였다. 이 염불 정진 대회의 주제는 염불 정진이지만 짬짬이 불교 대학의 각 학과 전공과 특성을 살려 장기자랑을 하였다. 장기자랑을 할 때 내 차례가 되었다. 나는 불교학과에 다니고 있었지만 어디 내세울 만한 장기가 없어 할 수 있는 것이라곤 좋은 기억력을 살려 시 낭송을 할 수밖에 없었다. 그래서 시 낭송을 하였더니 연거푸 두 번이나 재청을 받아 낭송하였다. 다음 날 함께 식사할 때 두 분이 명함을 주시면서 사무실로 한번 찾아오라고 하였다.

염불 정진이 끝나고 귀가하여 한가한 어느 날 사무실로 찾아가 만나 뵈었는데, 차를 마시면서 두 분이 하시는 말씀이 무엇을 하며 어떻게 지내느냐 이것저것 물으시면서 미래의 블루오션이기도 한 역학을 배워 보라고 하시고, 특히 시인이시니 영이 맑아 배우면 능력을 발휘할 수 있을 것이라면서 배우기를 종용하시며 당신께서도 배웠다 하였다.

두 분의 말씀을 긍정적으로 듣고 막상 배우고자 하니 교직에서 퇴직하고 한가하게 바람처럼 구름처럼 주유천하하고 사는데 그 자유로움을 포기하고 배워야 하는 생각에 갈등이 생겼다. 며칠 동안 역학을 배운다는 것이 내게 과연 옳은 선택이 될까? 자문자답해 보아도 명확한 답을 찾을 수 없어 망설이다가 그래 배워 보자 마음을 굳게 다져 먹고 스승을 찾아 헤매다가 만난 인연이 BPS란 분을 만나 5년이나 사사 받게 되었다.

BPS라는 분은 정치꾼으로 30여 년을 허송세월 보내다가 정치꾼으로서 공천받아 입후보 직전에 과감히 정치꾼을 포기하고 40세가 되어 동양철학을 배워서 많은 사람에게 인생 상담을 해주고 두 분의 대통령 아들의 아호와 손자의 이름을 지어주신 분이시기도 하다. 이분을 통하여 스리랑카 대사를 만날 수 있었고, 비밀리에 우리나라를 방문한 스리랑카 불교 종정을 모시고 임진각을 관광하며 한국 전쟁의 참상과 결과를 두서없이 전할 수 있었고, 스리랑카 대통령궁을 방문하여 대통령과 다과도 나누고 기념 촬영도 할 수 있었다.

이 얼마나 큰 인연인가? 다른 나라 국가원수를 만나고 외국 종정을 만날 수 있다는 것을 생각하면 생각할수록 정말 아름답고 놀라운 사건이며, 즐겁고 신나는 인연이 아닌가?

일곱 번째 내가 만난 인연으로 2002년 시인으로 등단한 이후 문단 활동을 하면서 지연 학연 남녀노소, 학벌을 초월해서 만나는 정치가 의사 교수 교사 피아니스트 성악가 화가 사업가 요식업자 영농업자 등 셀 수 없는 많은 분야의 많은 시인과 소설가를 만나 시인의 품격과 시론을 논하면서 차를 나누며 해후할 수 있는 것이 나에게 가장 큰 복이자 아름다운 인연이라 생각한다.

이 땅에 태어나 부모 형제와 같이 피할 수도 버릴 수도 없는 천륜으로 만난 인연보다 자유의사로 만난 인연이 더 끈끈하고 더 아름다운 것이다. 한 인간으로서 한 이름으로 사회인으로 길고 긴 인생 여정을 함께 발맞추어 가는 인연이 더 소중하고 더 아름다운 것이다.

살 빠지게 하는 인연들

나를 힘들게 하고 살 빠지게 하는 인연은 악연이다.

사람마다 태어난 환경이 다르고, 가정교육이 다르고, 제도권에서 받은 교육도 다르고, 생활방식도 다르고, 식성도 다르고, 취미도 다르고, 가치관도 다르고, 보는 눈도 다르기에 모든 사람이 다소의 차이가 있을 수밖에 없다.

그래서 만나지 않으면 되겠지만 동시대에 태어나 같은 대학, 같은 직장에 근무하면서 어찌 모르는 척하고 살 수 있겠는가? 눈만 뜨면 만나는 사람은 피할 수 없을 뿐 아니라 업무상 필요하기에 만날 수밖에 없다. 어쩔 수 없는 상황에서 함께 근무하고 함께 식사하고 함께 자리할 때가 많을 수밖에 없다.

중요한 것은 부득이한 환경에 살다 보니 본의 아니게 만날 때마다 말끝마다 업무상 결정할 때마다 가시처럼 찌르고 칼처럼 날카롭게 대응하는 바람에 나를 피곤하게 하는 사람이 바로 나를 살 빠지게 하는 악연들이다.

나에게 살 빠지게 하는 악연은 불가에는 "잡보장경"이라는 경전이 있는데 사람과 사람의 인연에 대해서 이렇게 이야기하고 있다. 많은 사람 중에 옷깃만 스치는 인연은 500번 다시 태어나 만나게 되는 인연이며, 한 곳에서 생활하는 인연은 7천 겁 인연이고, 부부가 되는 인연은 8천 겁, 형제가 되는 인연은 9천 겁 인연이며 스승이나 부모의 인연은 1만 겁이라고 말한다.

1겁은 둘레가 약 40리 되는 성에 겨자씨를 가득 채워놓고 3년마다 한 알씩 집어내, 그것이 다 없어질 때까지라고 하니 얼마나 긴 세월이겠는가. 우리는 이미 하나하나의 인연으로 만나 관계와 관계를 형성하고 밀고 당기며 울고 웃으며, 질투하고 축하하고, 뒷북치고 중상모략하는 관계 속에서 살다 보니 어찌 온전하고 원만한 관계를 유지하면서 살 수 있겠는가. 만나는 사람마다 나를 살찌게 하는 인연만을 만나길 바랄 수 있겠는가.

만나고 헤어지는 것이 또한 인연이니 나를 살찌게 하는 인연은 누가 뭐라 해도 이 세상 삶을 다할 때까지 자연스럽게 만나겠지만, 그렇지 않은 나에게 살 빠지게 하는 악연은 만나지 않으면 되지 않는가?

물론 가족이나 직장이나 소모임이나 한 울타리에 더불어 살아갈 때는 온갖 고통과 괴로움을 안고 살아야 하겠지만 퇴직하고, 탈퇴하고, 절교하면 설령 만나지 않아서 느끼는 고통도 다소 따르겠지만 만나서 당하는 고통보다는 고통이 감소될 것 아닌가. 얼굴만 보아도 고통이 따르고 목소리만 들어도 고통스러움을 느낀다면 보지 않고 만나지 않고 살면 되지 않겠는가?

다소 외롭고 고독할지라도 나에게 살 빠지게 하는 인연은 굳이 계속 관계를 유지하면서 만나며 말을 섞고 살 필요는 없다. 내 마음을 항상 꼭꼭 찔러 아프게 하는 악연은 과감하게 단절함이 현명한 처사라 생각한다. 그래서 이혼하고 별거하고, 절교하는 것이 아닌가?

그러나 내가 만나는 사람은 모두 소중히 여기고, 비록 악연일지라도 그냥은 맺어지지 않는다는 것을 기억하여 좋은 마음으로 그들을 위하여 기도하는 마음으로 살면 좋을 것이다.

운명을 아는 것은 예방주사를 맞는 것과 같다

역학은 철학의 한 분야로써 주역을 연구하는 학문이라고 정의한다. 주역은 운명학, 점성술 등의 의미를 담고 있는 일종의 통계학에 가깝다.

그러나 내가 공부해서 터득한 이치나 이해정도로는 유위법과 무위법의 범주에서 무위법을 찾는 것이 역학이라 생각된다.

유위의 법은 인간에 의해 만들어지거나 조작된 법을 의미한다.

유위의 법은 처음부터 없었던 것을 인간이 필요에 의해서 만들어졌기 때문에 언제든지 없어지거나 소멸할 수 있고 끊임없이 변할 수 있고 끊임없이 변하는 법을 의미한다.

태초에 공허한 지구에 인류가 출현하여 인지가 발달하여 옷을 만들어 입는 것이나, 집을 지어 사는 것이나, 규칙을 만들어 질서를 유지하는 법이나, 일 년을 365일로 약속해 놓고 실천하는 것이나 한 달을 30일로 하는 등의 법이 곧 유위법이며 관습법이며 성문법이며 인간의 법이다.

무위법은 인간이 인위적으로 만든 법이 아니라 자연 그대로 법, 자연법을 의미한다. 처음부터 있었고 영원히 변하지 않는 불변의 법(진리)을 의미하는 법이라 생각한다. 해와 달 별이 자전 공전주기를 거치면서 떴다가 지는 것이나, 봄이 가면 여름이 오고, 가을이 가면 겨울이 오는 것이나, 불 가까이 가면 따뜻함을 느낄 수 있는 것이나, 얼음을 만지면 차갑게 느낄 수 있는 것이나, 밥을 먹으면 배가 부르는 것이나, 태어나서 늙어 죽는 것, 이 모든 법칙을 무위의 법이라 생각한다.

여기서 장황하게 유위법과 무위의 법을 이야기한 것은 역학은 어떤 학문인가를 설명하기 위해서이다.

역학은 유위법으로 만들어진 무위법이며 자연법이라 생각한다. 인간에 적용한 무위의 법이 곧 역학이다.

태어난 년 월 일 시를 바탕으로 한 사주팔자는 법칙에 가까운 혹은 통계학적으로 겪을 수 있고 겪게 되는 길흉을 예방하는 방법을 찾는 것이 역학이라 생각한다.

여기서 통계학적으로 혈액형을 이야기할 때 A형 B형 O형 AB형으로 구분하여 혈액형에 따라 성격이나 적성을 설명할 수 있는 것처럼 인간의 운명이나 숙명도 오랜 세월 동안 사람들이 다른 사람들의 삶을 살펴서 비교 분석한 선현이나 학자들이 밝힌 통계수치를 읽는 것이다.

통계수치로 읽을 수 있는 한 인간의 운명을 점쳐 보는 것은 예방주사를 맞는 것과 같은 효과를 본다고 하겠다. B형 간염백신으로 예방하면 B형 간염에 걸리지 않거나 걸리더라도 가볍게 앓고 넘어가는 것과 같은 이치이다.

나의 운명이 선현들이 밝힌 통계학적으로 나는 어느 오행(木, 火, 土, 金, 水)에 속하며 나와 같은 형의 삶을 살아온 사람들은 이렇게 살았는가를 안다면 좋은 일은 더욱 좋게, 나쁜 일은 미리 예방하거나 최소화할 수 있는 지혜를 얻을 수 있으니 모르는 것보다 아는 것이 백번 나을 것이다.

예를 들어 나를 낳아 먹여주고 길러주고 가르쳐 주시는 부모님이나 세상 살아가는 이치나 기술이나 방법을 가르쳐 주시는 학교 선생님께서 제자에게 하신 말씀 중에서, '인생의 선배로서 많은 경험자로서 하시는 말씀이기에 듣고 참고하여 나쁠 것이 없다.'라고, 이러한 말씀을 교훈으로 생각하고 받아들여 삶의 지침으로 삼는다면 손해 볼일이 없기 때문이다. 경험 많은 '어른의 말을 들으면 자다가도 떡이 생긴다.'라는 속담이 있는 이유가 될 것이다.

어디까지나 역학은 오랜 세월 수많은 사람을 통하여 누적되어온 삶의 지혜이기 때문이다. 바다를 항해하는 사람이 나침판을 얻는 것과 같고, 캄캄한 칠흑의 어두운 밤길을 갈 때 등불을 얻은 것과 같다.

다만 역학을 맹신해도 안 되며, 미신이라고 불신해도 안 된다. 어디까지나 통계학에 지나지 않기 때문이다. 그것은 마치 혈액형에 따라 성격이나 인성을 분류하는 것을 부정하는 것과 같기 때문이다.

그런 이치에서 역학을 통해 나의 운명을 아는 것은 예방주사를 맞는 효과를 본다고 말한 것이다.

누군가가 미워질 때 방생(放生)을 한다

문득 누군가 미운 사람의 얼굴이 떠오르고 그 사람이 미워하는 마음이 커질 때 나는 드문드문 방생한다. 그 아픈 마음이나 못된 마음을 달래기 위함이며 잊기 위함이며 용서하기 위함이다

TV를 보다가 극 중에 내가 겪은 사연과 비슷한 장면이나 사람이 나오고 대사까지 비슷한 말을 들을 때 생각나는 사람, 미운 사람, 내 마음을 아프게 한 사람, 원망했던 마음을 재발하게 한 사람, 죽이고 싶은 마음이 들 때 방생을 한다.

시장으로 나가 어물전에 가서 익명의 사람으로부터 잡혀 와 함지박에 갇혀 죽음을 기다리고 있는 거북이나 잉어나 가물치나 미꾸라지나 기타 살아 있는 고

기 종류를 사서 가까운 한강에 풀어놓아 준다.

한 마리 혹은 2~3kg의 죽음을 기다리는 고기를 사서 방생을 할 때 죽이고 싶은 마음 미운 마음 원망하는 마음이 다소 사라진다.

죽어갈 목숨을 방생하면서 주문을 왼다. 부디 더 이상 고통도 받지 말고 천수대로 삶을 누리다가 죽길 바라며, 방생하는 모든 고기는 "용이 되어라."라고 발원 기도를 하기도 한다.

방생의 의미에 대해 자주 하는 말이 있다. "풀 한 포기 나무 한 그루 개미 한 마리 새 한 마리나 사자 호랑이나 만물의 영장이나 그 존재의 무게는 한결같이 같다. 모든 유기체는 한번 이 땅에 태어나 한 번의 삶을 살고 한 번 죽는 것은 같지 않을까 생각되기 때문에 존재의 무게가 같다."라고 주장한 것이다.

그럼에 불구하고 같은 중생이 어찌 함부로 나와 다른 생명을 빼앗거나 고통을 줄 수 있겠는가가 나의 생각이며, 살아 있는 모든 생명은 존엄하게 인정해 주어야 한다는 생각이 나의 강력한 활인 사상이다.

나 자신이 어물전에서 죽음을 기다리는 고기가 되어보라. 얼마나 참담하고 절망적이겠는가. 어떤 저항도 주장도 노력도 할 수 없는 피조물의 슬픈 삶을 이해할 수 있을 것이다.

물론 생존을 위해 먹고 살기 위해 살생을 해야 한다. 그러나 마구 배를 불리기 위해 곡간을 채우기 위해 함부로 지나친 살생을 해서는 안 된다. 나와 같은 동종이나 다른 류의 생명을 지키고 보호해주어야 하늘로부터 받은 천부인권을 누릴 수 있기 때문이다.

나의 삶의 권리를 인정받고 온전히 누리며 살고 싶기 때문이다.

독서 패턴

"독서는 사람을 만든다.

육체에는 탄수화물, 단백질이 필요하고 지방과 비타민, 미네랄이 필요하듯 정신과 마음에는 영혼의 양식이 필요하다.

식용버섯, 독버섯을 구별해야 하듯 독서할 때에는 좋은 책과 나쁜 책을 구별해야 하고 선과 악을 분별해야 하고 정의와 불의를 분별해야 한다.

독서를 많이 하게 되면 흙탕물을 알고 맑은 샘물을 알게 된다. 깊은 산 맑은 물엔 구름이 살고 나무가 사는 걸 안다. 책 속을 숱하게 걸어보지 않은 사람은 얼마나 넓은 평야가 있는지 높은 산이 있는지 깊은 바다가 있는지 거기에는 얼마나 많은 그리움이 있는지를 알지 못한다.

책장을 펄럭여보지 않은 사람은 그 속에 바람이 사는지 세상을 밝혀주는 등대가 있는지 참 자유가 있는지 알지 못한다.

책 속에는 내가 왜 살아야 하는지 어떻게 사는 것이 참된 삶인지 하얗게 눈 내리는 밤 까만 글자의 발자국으로 백지 위를 밝혀준 진리의 행보가 있다."

나는 어릴 때부터 책 읽기를 좋아했다. 처음 책을 잡을 때는 들고 있는 그 자체가 즐거웠다. 읽기보다 누구에게 보여주기 위한 독서였다. 독서를 좋아하는 마음은 이렇게 시작되었다.

나의 독서 패턴은 처음에는 잡히는 대로 그냥 마구 읽는 잡독, 난독(難讀)이었다가 다수의 세월이 지나는 과정에 독서량이 많아짐에 따라 어려운 책은 다독, 훈독, 낭독, 정독의 과정으로 이어졌다.

다행히 넉넉하지 못한 농촌에 자랐음에도 일본에서 공부하고 오신 숙부님께서 면장을 하고 계셨기에 작은 집 서가에는 단행본과 장서가 많이 꽂혀서 언제나 나를 기다리고 있었다.

처음 독서를 할 때는 의미도 미처 이해하지 못하면서 읽는 잡독이었다. 어린 나이에 읽어서 좋은 책인지 유익하지 않은 책인지 구별하지 못하고 손에 잡히는 대로 무차별적으로 읽었다. 숙부님 댁에 서가를 문지방이 달도록 들락거리는 것을 보신 숙부님께서 독서하는 방법을 가르쳐 주셨다.

"처음에는 그림이 많고 글사가 큰 책을 읽고, 차츰차츰 그림이 작고 글씨가 많은 책을 읽게 되면 지루하지 않고 독서를 계속할 수 있다"고 하셨다.

"그런 책을 구할 수 없습니다."라고 말씀드렸더니, 숙부님께서 하시는 말씀이 "여기 서가에 꼽힌 책들 중에도 그런 책이 많이 있다. 잘 찾아 읽으라고 하셨다. 여기서 구하지 못하는 책들은 주변 친구들에게서 혹은 서점에 가서 구해 읽으면 되니 아무 걱정 말고 열심히 찾아 읽어라." 당부하셨다.

　그 무렵 대도시 부산에 사는 형님으로부터 선물로 받은 월간 『소년 소녀』
만화책, 동화책을 좀 가지고 있는 또래 동무가 있었다. 그날부터 그 동무의 집을
들락날락하면서 그림이 많고 글씨가 큰 만화책을 많이 읽었다. 재미있었다. 진도
가 빠르고 이해도 빨랐다. 사고의 수준이나 나이에 알맞은 책이었다. 그때부터
동네를 다 뒤지고 이웃 마을까지 뒤져서 만화책을 읽었다. 그때 읽은 만화책 중
에 세월이 반세기가 지났는데도 여전히 기억에 남아 있는 것은 검은 고양이 '흑
료(黑猫)'라는 만화였다. 고양이가 죽어서 복수를 하는 무서운 내용이었는데 지금
도 고양이만 보면 그때가 생각나서 무서워 몸을 움츠린다.

　만화를 읽고 난 다음 동화를 몇 권 읽었는데 기억에 별로 남는 것이 없다.
떡장수 아들딸이 '해님 달님'이 되었다는 이야기와 '효녀 심청'은 아직도 기억
난다. 동화를 몇 권 읽고 바로 순수 청춘 소설을 읽게 되었다. 청소년들의 순애보
가 주된 내용이었다. 그때 읽은 책으로 방인근의 '벌레 먹은 장미'가 그것이다.
소년 시절 성에 관해 눈을 뜨게 해 준 소설이다.

　다음으로 읽게 된 전 근대 소설은 '장한몽' '구운몽' '사씨남정기' '옥단
춘전' 등을 읽고 문학 소설로는 김동인의 '감자' 이효석의 '메밀꽃 필 무렵' 김
유정의 '동백꽃' 염상섭의 '표본실의 청개구리' 등을 읽었다.

　시집과 명언 집 등 몇 권을 읽었지만 기억에 남아 있지 않다. 내가 쓴 시처
럼, 명언처럼 동무들을 만나면 형님처럼 선생님처럼 주절거리며 일러 주었다.

　다음으로 읽은 책들은 수준에 걸맞지 않게 이해도 제대로 못하면서 30여
권의 철학 서적이나 수필 등을 읽었다. 여러 권의 철학서 중에 니체 저서 '차라
투스트라는 이렇게 말했다'에서 "신은 죽었다." 쇼펜하우어 그의 저서 '의지의
표상으로서의 세계' 염세주의 키에르케고르의 저서 '죽음에 이르는 병' 안병욱
교수의 철학 Essay '사람답게 사는 길' 김형석 교수의 철학 Essay '영원한 사랑

의 대화' 등 아직 소년의 티를 벗지 못한 청소년이 어려운 철학서를 무차별 읽었는데 영향을 준 것은 염세주의 사상에 빠지게 한 '죽음에 이르는 병'에 감명받았기 때문이다.

감수성 예민한 소년은 밤마다 죽고 있었다. 죽음에 대해 생각이 많다 보니 잠도 자지 못하고 눈을 감고 숨이 끊어지는 순간을 억지로 느껴보기도 하고, 부모님이 돌아가시고 나면 어떻게 살까? 등 죽음에 대한 헛된 망상에 빠져 밤잠을 설치곤 했었다.

예수, 공자, 소크라테스, 석가모니 등 성현들의 삶을 떠올려 보다가 나름대로 깨달음을 얻었다. 성현들도 종국에는 다 죽는데 범부 중생이 죽지 않고 산다면 어떻게 될까? 지구상에 인구가 수백억의 인구가 된다면 나중에는 자식까지 잡아먹는 지옥 같은 세상이 될 터이니 '사람은 나면 반드시 죽어야 하겠구나.'라는 생각에까지 이르러 죽음에 대한 긍정적인 답을 찾은 것이다.

사람은 나면 죽기 때문에 이 세상에 사는 동안 인간답게, 아름답게, 바르게, 가치 있고 보람 있게 삶을 살아야 한다고 생각했다. 나의 존재가치에 대해 어떻게 하면 극대화할 수 있는가에 초점이 맞추어지게 되었다. 그 답은 세상을 볼 줄 아는 지혜를 얻어야 함을 알게 되었고 그때부터 독서에 더 힘을 쏟게 되었다.

여기까지 진화 진보 발전된 철학적 깊이 있는 사고를 하게 된 것은 오로지 독서의 힘이었다. 독서는 내 인생을 떠받쳐주는 초석이 되었다. 곡간에 쌓아둔 재물은 도둑맞을 수 있으나 머릿속에 넣어둔 지식과 경험은 도둑맞을 일 없으니 이 얼마나 보배 중의 보배인가? 끝없는 독서를 통하여 마침내 삶에 있어서 진리의 등불을 하나 얻은 셈이다.

거울 속에서 나를 찾다

어둠이 야위어가는 밤 꿈꾸던 자리에서 일어나 등불을 켜고 어둠을 쪼개놓고 거울 앞에 우뚝 서서 나를 가만히 그리고 찬찬히 뚫어지도록 본다.

설강에 매달아 놓았던 메주 한 덩어리가 아무런 생각 없이 저절로 툭 떨어진 듯한 모습으로 거울 속에 서 있다.

자네가 그렇게 뜨겁게 살자 하던 나인가? 들꽃처럼 초연히 흔들리며 살고자 한 자네인가?

자네와 나는 햇빛보다 눈·비·바람 속을 티격태격 엇박자를 치며 달려오지 않았는가?

그 길이 비록 빗나간 화살촉의 길이라 할지라도 불평불만 없이 잘잘못을 긁어 상처를 덧내지 않고 여기까지 발맞추어 걸어왔다네.

나름대로 자네는 뭇 사람이 부러워하는 한 마리 나비였다네. 날아보려고, 날아보려고 파닥이는 여린 날개로 날고 싶어 하는 꿈이 많은 나비였다네. 좀 더 높이 좀 더 멀리 날아보려고 나 가꾸기를 혼신을 다해 노력을 했지만, 자네 얼굴은 여전히 윤기는 나지 않고 까칠까칠한 메주덩이 그 모습만 거울 속에 비쳤다네. 마음속으로 업그레이드할 수 있는 좋은 생각도 많이 가졌지만 실천하기에 있어서 현실적으로 어려움이 많아 입술에는 자물쇠를 채우고 살아왔다네.

자네를 안타까운 마음으로 은근히 바라만 보았다네. 어찌하였던 자네가 세상을 자유로이 날아다닐 수 있도록 자네를 위해 얼마나 많은 정성을 들였는가 말일세. 노력의 그 끝은 달라진 것 없는 텅 빈 손바닥이지만 그래도 애쓴 공은 인정해 주길 바라네. 자네는 시간이 푸석푸석 늙어가는 오랜 세월 동안, 성정이 괴팍하고 변덕스러울 뿐만 아니라 주머니 속에 송곳처럼 날카롭고 불덩어리 같은 나를, 어머니 같은 마음으로 보듬어주고 지켜주느라 고생이 많았네. 항상 미안해하며 고마운 마음으로 살아왔다네. 다행히 자네와 나는 한 방향으로 바라보고 살아왔기에 넓은 모래톱에서 한 점 보석 같은 흑점을 찾기 위해 30여 년을 강단에서 열변을 토하면서 세월의 비늘을 벗기며 간절히 기도하였다네.

이제는 인생을 노래하는 시인의 면류관을 쓰고 시를 모은다네. 시를 외친다네. 시의 여행을 간다네. 생의 오후 포근한 햇살을 즐기며 바람처럼 구름처럼 자유롭다 할 수 있는 것도 다 자네 덕이라 다시 한번 감사하네.

아들 딸 낳아서 사자 둘에다 가자 하나로 모두다 고구마 줄기처럼 잘 영글어 제몫을 해주는 것도, 퇴임 후 불교 공부와 철학을 공부하게 된 것도, 제2의 삶을 살게 된 것도 모두 나의 영원한 동반자 나의 껍데기 자네 공이 가장 크다네. 말없이 내 생각에 박수쳐주고 묵묵히 따라 주었기 때문이라네. 다시 한번 진심으로 고맙고 감사드리네.

이렇게 장황하게 함께 해온 세월을 무거운 마음으로 되짚어 보는 것은 긴히 할 말이 있어서라네.

거, 자네도 세상을 두루두루 본 것 들은 것 많지 않은가. 우리나라에 절체절명으로 필요한 인물이 없어 두 개의 축으로 나누어져 아옹다옹 갈등하고 있다는 것을 직시할 수 있을 것이네. 이런 갈등을 잠재우고 세계 속으로 당당하게 끌어가는 인물이 필요하지 않은가?

존 에프 케네디나 루즈벨트, 레이건, 처칠, 비스마르크, 이승만, 박정희 같은 정치가와 아인슈타인, 오펜하이머, 페르미, 이휘소, 뉴턴, 빌 게이츠 같은 과학자를 양성하여 세계를 이끌어 가는 지도자와 우리나라를 경제 대국 국민소득 20만 달러로 끌어올릴 수 있는 과학자를 육성하여 배출하고 싶다네.

"10명의 빌 게이츠 만들기 프로젝트"를 실현할 수 있는 장학재단을 만들고 싶어서라네.

화려함과 넉넉함에 감추어진 풍요로운 이 시대에, 지난날 나처럼 품은 뜻 한없이 푸르렀어도 경제적 어려움 때문에 활짝 꽃 피우지 못하고 힘들게 숨결을 퍼 올린 것처럼 꿈이 큰 학생들이 많이 있다네. 이런 학생을 찾아 학비 전액을 지원하여주어서 무사히 학업을 마치고 사회에 진출하여 부처님의 평등과 평화, 진리의 말씀을 온 세상에 전하는 지혜로운 사람으로 만들어 배출하고 싶다네.

우리나라 우리 민족을 살리고 세계를 밝히는 위대한 정치가 위대한 과학자 위대한 철학자를 육성하여 배출하고 싶어서라네.

이런 꿈을 꾸는 것이 잘못인가?

지나친 욕심인가?

망령이 들어 말도 안 되는 소리를 한다고 생각하는가?

아직은 내가 성신이 맑고 이상이 뚜렷하니 자네가 나를 잘 지켜주고 도와준다면 남은 생애 동안 능히 가능하다네. 내 소원, 아니 우리들의 소원이 이루어질 것 같다네.

그 간절한 소원이 이루어지는 그 날 그것이 일 년이 걸리든, 10년 걸리든, 아니면 몇십 년이 걸리더라도 꿈이 이루어지는 날 자네와 내가 이 세상에서 작별의 손을 흔들고 헤어지도록 하세나.

그동안 몹시 힘들어도 잘 참고 지켜준 것처럼 노을 길에 세운 꿈이 이루어지는 그 날까지 부디 나를 다시 한번 잘 지켜주고 기도해주길 간절히 바라네.

끝까지 마무리 추수 잘할 수 있도록 축원해주길 바라네.

밝고 큰 지혜를 주소서!

밝고 큰 지혜로 세상을 보게 하소서!!

밝고 큰 지혜로 세상을 밝히게 하소서!!!

이렇게 자네에게 두 손 모아 질하며 간곡히 기도하며 부촉 하네.

그럼 아직 밤이 많이 남았으니 그만 이제 쉬시게나.

내일의 태양을 찬란하게 맞이해야지……

내가 진정 소중하게 생각하는 것은 무엇인가?

내가 진정 소중하게 생각하는 것은 무엇일까?

유일한 나의 생명, 쥐꼬리만 한 명예, 알량한 자존심일까? 내가 오늘이 있기까지 육체적 바탕이며 정신적 뿌리며 삶의 근원인 존경하는 부모님 아버지 어머니일까? 내가 걸어 다닐 수 있도록 곁에서 도와주는 동반자요 영혼의 안식처인 사랑하는 아내일까? 나의 희망, 생명, 미래, 행복의 목표인 나의 분신들일까?

사회에서 직장에서 밀어주고 끌어주는 선후배일까? 슬플 때나 즐거울 때나 고민을 털어놓으면 달래주고 위로해주는 친구들일까? 어제도 오늘도 멀찍이 저만큼에서 나를 지켜보는 다정다감한 이웃들일까? 개가 닭 쳐다보듯 스쳐 지나가는 거리의 행인들일까? 어릴 때나 청년일 때나 중년이 되었을 때나 만나면 형제자매처럼 반가운 고향 사람들일까?

복잡한 터미널이나 기차역에서 만날 수 있는 선남선녀, 아저씨 아주머니, 할아버지 할머니처럼 옷깃 스치는 사람들일까?

분명한 것은 나를 존재케 함으로 모두가 소중하고 아름답고 사랑스러운 분들이다. 내가 태어나서 죽을 때까지 인간적인 사회적 관계를 유지해야 할 분들이기에 소중하다.

내가 진정 소중하게 생각하는 것은 무엇일까?

나의 육신을 감싸고 보호해주는 서푼짜리 속옷과 단추 세 개짜리 양복일까? 나의 생계를 꾸려갈 수 있고 처자식을 부양할 수 있고, 울적한 마음이 들면 그 마음을, 즐거울 때는 즐거운 마음을 백지에다 혹은 구문, 읽고 있는 소설책 여백에다 써 보는 재산목록 제1호 황금빛 찬란한 만년필일까?

내가 태어나서 이 나이가 되도록 아침 점심 저녁에 먹는 주식으로 흰 쌀밥, 찰밥, 국수 등일까? 그리고 북어국, 미역국, 콩나물국, 된장국 같은 국의 종류와, 상추, 쑥갓, 양파, 무, 가지 같은 채소류, 사과 귤, 복숭아, 포도, 참외, 수박과 같은 과일, 조기, 갈치, 꽁치, 멸치 등 생선과 같은 먹거리가 소중하다.

하루 세 시간 일주일에 18시간을 손에 들고 이 교실, 저 교실을 들락날락하며, 폈다가 덮고, 덮었다 펴고, 만년필로 줄을 그었다. 분필로 줄을 그었다, 다시 검은 볼펜으로 붉은 볼펜으로 초록색 볼펜으로 줄을 그으며, 책상에서 가방으로 가방에서 책상으로 옮겨 다니고, 학교에서 집으로 들고 다니는 강의 안과 교과서일까? 이는 물질로 구성된 인간이기에 물질을 힘의 원천으로 하여야 생존을 유지할 수밖에 없는 것으로 또한 소중하다.

내게 진정 소중한 것은 또 무엇일까?

매주 목요일이 되면 찾아가 내 마음을 다스리고 배우고 익히고 깨우치고 반성하고 진보할 수 있는 곳, 내 영혼을 다스리며 깨달은 자들과 대화를 하고 진리의 말씀을 통하여 늘 편한 마음으로 안주하고, 국가와 사회, 직장과 가정, 자신과 아내 그리고 자식들의 건강과 부귀, 화평, 순명, 정의, 온순, 명철, 덕성, 장수를 기원하는 곳, 그곳은 내가 늘 편히 쉴 수 있어 소중하다.

361점의 반상에 흑과 백돌을 화점에서 정석과 변칙으로 포석을 하고, 붙이고 뻗기, 한 칸 벌리기, 날일 자 벌리기, 한 칸 두 칸 세 칸 높은 협공, 3·3에 뛰어들기, 어깨 짚어 누르기, 붙여서 뻗기, 강한 쪽으로 붙이기, 공격, 공격, 방어, 방어로 엎치락뒤치락 반복되는 격전 속에서 국지전에 승리하고 중원에서 패배하고 대마를 잡고 패배를 자초하기도 하고, 끝없는 패싸움에서 반집으로 겨우 이기는 짜릿한 승부, 진정으로 한판의 전쟁, 한 판의 인생, 한 판의 드라마인 바둑, 바둑 또한 소중하다.

한가한 시간에 공원을 산책하거나 꽃을 감상할 수 있는 여유가 소중한가?

울긋불긋 아름답게 피어있는 꽃들을 감상하는 것이 얼마나 아름다운가? 잎 나기도 전에 꽃부터 곱게 피는 하얀 목련꽃, 보라색 라일락꽃, 울타리에 주로 샛노랗게 피는 개나리꽃, 영혼을 다 태워버릴 것 같이 불타는 영산홍, 하늘하늘 연분홍 진달래, 5월부터 피기 시작하여 연중 아름다움을 과시하는 꽃의 여왕 장미꽃, 철없이 은근과 끈기로 피는 우리나라 꽃 무궁화 등 많은 꽃을 감상하고 향길 맡아볼 수 있게 하고 끝없는 즐거움을 주기에 내겐 소중하고 소중하다.

같은 화단에서 잡풀이면서 모든 사람에게 행운을 가져다준다는 네잎 클로버를 찾는 즐거움, 노란 민들레꽃을 화분에 담아 길러도 보고 민들레에 관해서 연구하며 감상해보는 것도 내게는 하늘의 축복이며 행운이다.

그렇다. 내게 진정 소중한 것은 모든 형상 있는 유기체나 사물이 아니라 나의 육체·몸뚱이는 한낱 고깃덩이에 지나지 않으나 그것을 지배하는 정신, 영혼, 마음, 양심, 사랑이 진정 소중한 것이다.

그중에서도 부모님께서 주신 "정직하여라, 성실하여라, 끊임없이 배우라." 고 하신 말씀과 은사님께서 하신 "분수를 지켜라."라고 하신 말씀, "네 이웃을 네 몸과 같이 사랑하여라."라고 한 성서의 말씀, "계정혜로 마음을 닦으라." 하신 부처님의 말씀이 소중하게 느껴지는 것은 무슨 이유일까?

내가 진정 소중하게 생각하는 것, 참으로 소중한 것, 더더욱 소중한 것은 지워도 지워지지 않고 기억에 남아 과거에서 미래로 나를 이끌어가는 진리가 진정 소중하다. 금은보화로 천만 명을 먹여 살리는 것보다도 진리의 말씀 한마디가 더욱 값지고 공덕이 크다고 불법에서 밝히고 있다. 진리는 강물처럼 저 마음 깊은 곳에서 세상으로 울려 퍼지는 영혼의 울음이기에 소중하다.

얼마나 더 닦아야 할까

마음을 닦는다는 것은 마음을 맑고 깨끗하게 하는 일이다.

하얗게 닦는다는 것은 거울처럼 물처럼 티 없이 밝고 맑게 하는 것이다. 닦는다는 것은 몸에 묻은 먼지나 때를 씻어 윤기가 나게 하는 것이다.

'닦는다'는 의미는 불법에서 말하는 삼독심(三毒心)에서 벗어나기 위한 노력이다.

세상에 태어나서 수십 년 동안 알게 모르게 이런저런 일과 부딪치는 생존경쟁에서 살아남으려고 몸부림치면서 탐욕과 성냄과 어리석음(三毒)의 때와 먼지가 많이 묻었다. 세상에 물들지 않는 갓난아기처럼 티 없이 맑고 순수하게 살기 위해 마음을 닦아야 한다. 세상살이에서 묻은 때와 먼지를 잘 닦아 버려야 바다같이 넓은 가슴을 가진 하나님과 부처님을 닮은 사람이 될 수 있다.

닦는다는 것은 마음을 정화한다는 것이다.
마음 닦는 방법으로 일반적인 방법과 전문적인 방법 두 가지가 있다.
먼저 일반적인 방법으로 마음 닦는 방법은 한마음 주인공은 인연 따라 지수화풍 4대로 형성 된 몸의 주인이다.
먼지와 때 묻은 마음을 닦는다는 것은 여섯 가지의 근본기관으로 된 육근(六根: 눈, 귀, 코, 혀, 몸, 뜻)을 통하여 내 눈으로 보고 좋은 것만 보려고 매달리는 마음, 내 귀로 듣고 싶은 좋은 소리만 들으려고 하는 집착, 내 코로 좋은 냄새만 계속 맡고 싶은 집착, 내 몸에 닿은 느낌이 좋은 것만 닿아 느끼려고 하는 집착, 그리고 생각이 내게 편하고 유익한 것만을 생각하고 바라는 집착, 여섯 가지의 경계 즉 육경(六境: 색, 소리, 향기, 맛, 촉감, 의지)이 끊임없이 만들어 내어 쌓은 마음의 먼지와 때를 닦고 씻는다는 뜻이다.

몸과 마음에 묻어 쌓이고 두꺼워진 먼지와 때를 닦고 씻는 방법이 무엇인가.
먼저 사람의 착한 마음을 해치는 세 가지 번뇌, 욕심, 성냄, 어리석음(三毒 : 貪瞋痴)의 먼지와 때를 닦기 위해서는 신이나, 부처님, 보살 혹은 자기 자신 앞에서 과거의 죄를 깨닫고 회개하고 뉘우치며 용서를 구하는 행위로 참회(懺悔)의 눈물을 흘리는 방법이다.
눈물로 하는 참회는 자기의 잘못에 대해 진실로 뉘우치게 되면 눈물이 절로 펑펑 쏟아질 뿐만 아니라 눈이 퉁퉁 붓도록 울게 될 것이다. 반성하고 후회하게 될 것이다.

어찌하여 인간답지 못하게 큰 실수로 죄를 지었던가? 나로 인해 피해를 보게 했거나 죽게 한 행위를 다시 처음으로 되돌릴 수 없는 점을 생각하면 절로 눈물이 나올 수밖에 없다. 또 내가 피해자가 되고 죽었다고 생각해보면 얼마나 억울하고 슬프고 분통이 터져 밤잠을 설쳐가면서 의분에 떨었을까(悲憤慷慨)?

눈물을 쏟으면서 참회하는 방법이다.

세상을 살면서 눈물을 안 흘리고 살수만 있다면 얼마나 좋겠는가?

죄를 짓고 참회하는 마음에서 우러나온 눈물은 많이 흘리는 것이 좋다. 죄를 많이 짓고도 눈물 한 방울 흘리지 않는 악인도 많겠지만. 일말의 양심이 살아 있는 사람은 참회 과정에 눈물을 많이 흘리게 된다.

눈물에는 세 종류가 있다. '감동의 눈물', '슬픔의 눈물', '반성의 눈물'이 그것이다. 참으로 힘들고 어려울 때 누군가가 잡아주는 격려의 손, 위로의 말, 작은 정성 때문에 감동하여 흘리는 눈물은 신뢰의 눈물이다. 불쌍히 여기어 도와주고 싶은 마음, 같은 처지에 공감하여 주는 마음, 가족을 위하는 마음, 사랑의 감격에 빠져 흘리는 눈물은 연민의 눈물이다. 죄를 뉘우치고 후회하며 흘리는 눈물은 회개의 눈물, 참회의 눈물이다.

눈물은 많이 흘리면 흘릴수록 마음이 맑아지고 잘 닦아지게 된다. 눈물을 많이 흘릴수록 자신이 정화되고, 세상이 정화되기 때문에 많이 흘릴 수 있으면 좋을 것이다.

눈물은 역지사지(易地思之), 즉 입장을 바꿔서 생각하면 진실로 후회하고 반성하면 할수록 뜨거운 눈물을 많이 흘리게 된다. 눈물은 진정 마음을 닦을 수 있는 특효약이기도 하다.

마음을 닦는다는 것은 '보시행(布施行)'을 생활화하는 것이다.

보시란 나에게 큰 은혜를 베풀어 준 귀인에게 혹은 나의 잘못으로 인해 피해를 본 사람을 위해 어쩌면 받은 만큼, 피해 입힌 만큼 아니 그 이상으로 제삼자에게 베푸는 것이다. 물론 나에게 직접 베풀어 준 사람과 직접 피해를 입은 당사자에게도 되돌려준다는 의미에서 보시(報施)할 수도 있다. 보시다운 보시는 가난하고 불쌍한 이웃에게 익명으로 베푸는 보시가 진정한 보시다. 또한 보시하고도 보시했다는 마음을 내지 않고 대가를 바라지 않고 하는 보시가 참다운 보시임을 알아야 한다.

마음을 닦는 또 다른 방법으로 놓아준다(放生)는 것이다.
사람에게 잡힌 어류나, 조류나, 포유류를 처음 살던 곳으로 혹은 그와 환경이 비슷한 곳으로 놓아주는 일이다. 죽어가는 생명을 살려주는 일이다. 얼마나 보람 있는 행위인가. 동물을 잡아먹는 것이 죄가 되지만 내가 살기 위해 한 행위이기에 죄를 물을 수 없다.
나는 내가 살기 위해 알게 모르게 직·간접적으로 살생한 행위에 대해서 일만분의 일이라도 보상하기 위하여, 누군가가 미워지는 마음이 날로 더해 가거나 죽이고 싶은 악한 마음이 들 때, 가끔 시장이나 어물전에 나가 죽음을 기다리는 생명을 사서 방생을 한다.
내 마음이 편하면 건강해지기 때문에 마음 닦는 방법으로 방생을 하는 습관이 들도록 노력한다.

전문적인 방법으로 마음을 닦는 방법으로 종교적인 방법이다.
불교의 경우에는 마음을 닦는 방법으로 예불에 잘 참여하고, 기도하고, 8만 4천 법문인 불경을 끝없이 사경을 하고 공부하고, 불경을 외어서 독송하고, 다른 사람을 위해 불경을 해설해 주고, 참선을 통하여 나를 찾고, 이웃과 손길이 필요한 곳에 봉사하는 방법 등이 그것이다.

기독교의 경우 예배에 잘 참석하고, 성경공부 많이 하고, 기도하고, 헌금하고, 전도하고, 이웃과 어두운 곳과 그늘진 곳에 찾아가 따뜻한 손길로 하는 봉사를 통하여 마음을 닦고 정화하고 은총을 받을 수 있다.

이렇게 마음을 닦으면 마음이 하얀 백지처럼 하얗게 희어질 것이다. 하얀 백지 위에는 무엇이든지 그릴 수 있다. 마음이 편해질 것이다. 얼굴이 눈처럼 희어질 것이다. 성자의 얼굴을 닮아 갈 것이다.

늘그막 삶의 언저리에서 지나온 세월 동안 알게 모르게 지은 죄에 대해 반성하고 회개하고 참회하고 나면 누구나 남은 삶을 인간답게 그리고 티 없이 맑고 맑은 순수한 마음으로 아름답고 향기 나는 그림을 그릴 수 있을 것이다.

참 편안한 마음으로 천수를 누리며 살 수 있을 것이다.

생의 의미를 찾아

　　인간은 살아남기 위하여 일하고, 경쟁하고, 투쟁하고, 고뇌하고, 갈등하며 살아간다. 끝내는 바람처럼 허무만 남기는 삶인데도 불구하고 의지와 행동에 따라 끝없이 욕망을 좇는 것이 사람이다.

　　불확실한 미래에 대해서 방심 방만할 수 없는 살아있는 존재가 겪는 끝없는 몸부림이며 아우성이다. 돌 하나, 바람 한 점, 구름 한 덩어리, 풀 안 포기, 나무 한 그루, 모든 생물과 무생물도 생명을 가지고 나름대로 삶을 살고 있다.

　　특히 사람은 출생에서부터 무덤까지 배우며 익히고 단련하여 일해야 존재할 수 있다. 수고롭게 일해야 먹고 살 수 있고 진통을 겪어야 자식을 낳을 수 있도록 신은 인간의 운명을 결정하였다.

인간은 나자마자 동물적 본능으로 어머니 젖을 빨고, 유아기를 벗어나면서 사람의 말을 배우고 인간 생활에 필요한 관습과 윤리를 터득하고, 공중도덕을 배우고, 일하는 순서를 배우고, 기술을 익혀 비로소 나름대로 생을 꾸려나갈 수 있는 능력을 갖추게 된다. 인간 생활과 사회생활의 바탕이며 시작이며 출발이기 때문에 갖추어야 하는 기본 소양 들이다.

생을 가꾸어 가는 과정에 많고 많은 희비의 쌍곡선을 긋게 된다. 가까운 형제간에도 서로 시기하고 질투하고 또 때로는 미워하고 경쟁을 하면서 살아가는 게 인생이다.

하물며 사회로 진출하기 위해서 많은 노력을 아끼지 않아야 가능하다. 정규교육과정을 이수해야 하고 부족한 과목은 학원을 다니거나 개인지도를 받는 등 전문지식을 축적하여 치열한 공개경쟁시험을 거쳐 합격의 영광을 안고 입사하는 과정이 전쟁이나 다름없다.

막상 직장에 들어가서도 전쟁을 계속해야 한다. 입사 초기에는 일머리를 익히는 과정이 전쟁이고, 일머리를 알고 나면 자리 지키기 위한 노력으로 많은 동료들과 머리싸움과 능력의 싸움을 해야 하고, 선배와 상사, 후배와 부하직원과의 인간관계에서도 이겨야 보람 있고 승진의 기회도 찾아온다.

그래서 뭇 사람들은 생존경쟁이란 말을 서슴없이 쓴다. 단순히 생존경쟁을 하는 것이라면 별문제가 없겠지만 강도를 달리하여 중상모략하고 끝내는 파멸을 초래하는 경우도 더러 있기 때문이다. 치열한 생존을 위한 투쟁을 하는 것은 생존영역을 확대하기 위해서, 부와 번영을 위해서, 안정과 평화를 위해서, 건강과 장수를 위해서 살아있는 사람들의, 살아남은 자들의 전형적인 투쟁기술이다.

생을 가꾸어 가는 과정에 적당하게 비굴해지고, 적당하게 자존심을 지키지만 기회만 오면 육체적으로 힘 있는 자는 없는 자를, 권력과 배경이 있는 자는 그렇지 못한 자를 억압하고 짓밟고 무너뜨린다. 그 과정에 약한 자는 터지고 깨지고 속을 썩이면서 불안한 생을 영위해 가야한다.

그러한 가운데 지조와 절개를 지키며 살아가기란 쉬운 일이 아니다. 생명의 위기를 느낄 때 당당하게 맞설 수 있는 지 세상에 몇이나 있을까? 성삼문, 하위지, 이개, 박팽년, 류성원, 유응부 등 사육신처럼 목숨을 내어놓는 절의를 지킬 수 있는 사람은 몇이나 있을까? 조국과 민족을 위해서, 사상과 이념을 위해서, 사랑을 위하여 목숨을 바칠 수 있는 사람은 또 몇이나 있을까?

이따금 누가 나의 목에 칼이나 총을 들이대고 생명을 위협하며 지조를 꺾으라 하면 어떻게 했을까?

자신의 신념을 지키기 위해서 생명을 포기할 수 있는 사람이 부럽고 존경스럽다. 아니 거룩하다는 표현이 적합할 것이다. 그래서 지조 있는 선비들의 이름이 길이 청사에 빛나게 되는 것이다. 목숨을 버릴 만큼 용기 있는 사람은 지혜롭고 의롭고 물아를 벗어난 성인군자일 것이다.

어차피 사람은 한 번 나서 언젠가는 죽어야 할 운명이라는 사실을 알고 조금 일찍 가더라도 손해 볼 것 없어, 구차하게 목숨을 보전하려 하지 않고 명예와 부 사회적 지위, 아들딸 모든 것들이 부질없는 허울이기에 포기할 수 있는 크게 깨달은 대각자일 것이다. 소크라테스나 예수와 부처와 같은 성인이 진정 생이 의미를 찾아 만끽하고 깨달은 사람일 것이다.

어떻게 살아야 생의 참 의미를 찾을 수 있을까?

오늘도 어제처럼 또 내일도 어제처럼 내 존재의 의미를 바로 깨닫지 못한 채 아내와 자식, 그리고 친구 동료, 이웃의 울타리에 갇혀 부딪치고 깨어지며, 숨소리 죽여 가며 길지 않는 생을 보듬어 가야 할까?

넓디넓은 자연계와 우주에서, 살아남기 위해 투쟁하는 사회 속에서, 물질계에서 혹은 영계를 헤매면서 '참된 삶의 의미'를 찾을 때까지 내 마음 갈 곳 몰라 노을 길에서도 끝없는 방황이 계속 될 것이다. 그것은 절대 미완성의 인간이기 때문에 진리를 찾는 여행은 적멸에 이를 때까지 이어질 것이다.

사랑하며 산다는 것

-내가 사랑했던 그 사람은-

예전에도 없던 사람
훗날에도 없던 사람
스쳐 지나가는 바람이라 여겼다

한 번도 이름과 성을 묻지 않았다
한 번도 어디 사는지 궁금해하지 않았다
결코 나이테를 세어 보지 않았다

차가 식을 때까지 마주 앉아
그림을 그려서 시를 읊어 노래하며
설렘으로 산책길 팔짱끼고 걸으면서도
가슴 한가득 묻어둔 그리움이었다

다정하게 건네는 고운 말씨
개나리꽃처럼 화사하게 웃는 모습
언제까지나 내 가슴
영원히 지지 않는 봄꽃으로 피어 있다

사람이 사람을 '사랑한다.'라는 것은 듣기 좋은 말이다. 사랑하는 마음은
좋아하는 마음이다. 아낌없이 주는 마음이다. 용서하고 이해하는 마음이다. 양보
하고 즐거워하는 마음이다. 바라보고 흐뭇해하는 마음, 싱글벙글 웃는 마음, 은
근하게 미소 짓는 마음이다. 포근히 감싸주는 마음, 꽉 깨물어주고 싶은 마음이
다.

사랑한다는 말은 세상 사람들 모두가 좋아하는 말이다. 또 하고 싶어 하는
말이다. 그런가 하면 막상 하고 싶어도 할 수 없는 말이기도 하다.

사랑한다는 말을 들으면 즐겁고 행복해진다. 사랑한다는 말을 들으면 한없
이 기쁘다. 온 세상이 핑크빛 꽃밭으로 보인다. 황홀해진다. 두려움과 공포 없이
지극히 편안해진다.

어머니 아버지께서 사랑한다는 말이나 선생님께서 사랑한다고 하는 말이나
친구들이 사랑한다고 하는 말이나 애인이 사랑한다고 하는 말이나 그 어감이 주

는 의미는 다를 수 있겠지만 본질적인 뜻은 같은 것이다. 동서양의 경우 사랑에 대한 의미도 같으리라 생각한다. 다만 시대와 민족에 따라 느끼는 정도나 표현 방법이 다른 것이다.

　우리나라에서는 '내리사랑, 치사랑'을 얘기하곤 한다. '내리사랑'은 부모님이 자식에 대한 사랑으로 바다보다 깊고 태산보다 높은 거룩한 사랑을 말한다. 앉지도 서지도 못하는 장애인 자식을 업고 6년 아니 10여 년 학교를 다녔으며 그것도 개근했다는 신문에 보도된 눈물겹도록 거룩한 사연은 어머니의 끝없는 내리사랑이다.

　어머니의 한없이 숭고한 사랑은 인류 모든 어머니의 사랑을 대표한다. 겨울이 지난 해빙기에 산더미만큼 큰 바윗덩이가 굴러 자식을 깔아뭉개버리려 하자 죽음을 무릅쓰고 자식을 구하고 당신은 싸늘한 시체로 변했다는 눈물겨운 모정이나, 달려오는 열차에 어린 자식이 치이기 직전에 어머니는 열차를 밀고 아들을 구하고 어머니도 무사했다는 믿을 수 없는 기적 같은 사례도 끝없이 주기만 하는 어머니의 지고지순한 사랑을 보여준 사례들이다.

　자식에게 어떠한 대가나 보상을 바라고 하는 사랑은 결코 아니다. 앉지도 서지도 못하고 말도 못 할 때 병이 난 자식을 위해 우리들의 어머니는 수많은 밤을 뜬눈으로 눈물의 밤을 보냈겠는가? 이러한 부모님의 사랑처럼 숭고하고, 거룩하고, 희생적인 사랑을 '내리사랑'이라 한다. 부모님의 내리사랑이 아니면 오늘날 내가 어떻게 존재하게 되었을까 다시 한번 생각하게 하나.

　이에 반해 '치사랑'은 부모님에 대한 자식의 사랑을 말한다. 나를 낳아 주고, 길러주고 가르쳐 주시기 위해 당신의 몸을 돌보지 않으시고 간호해주시는 사랑에 대해 늘 감사하고 고마운 마음을 가지는 사랑의 마음을 우리는 '치사랑'이라 한다.

외롭고 쓸쓸할 때도 어머니만 곁에 계시면 행복해진다. 기쁠 때도 슬플 때도 어머니를 먼저 찾게 되고 부르게 된다. 그 마음이 치사랑이다. 자식은 아무리 나이가 많아도 부모가 챙겨주지 않으면 안 된다고 말하며 아들딸들이 푼푼이 드린 용돈을 부처님께 시주하고 스님께 가서 장삼을 지어 드리며 철없이 주야로 기도하시는 어머니에 대한 사랑이 치사랑이다.

부모님께서 늙고 병들어 거동이 불편하실 때 대소변을 받아내고 머리도 빗어 드리고 목욕시켜 드리며 잘 봉양하는 마음이 '내리사랑에 대한 치사랑의 보답이다.' 자식이 부모님께 할 수 있는 치사랑은 마음을 편안케 해드리는 것이고 효도하는 것이라 먼저 이루어져야 한다.

서양에서는 'Agape 사랑"과 Eros사랑, Philanthropy(인류의 사랑)을 애기한다.

보통 아가페 사랑이라 말하면 종교적인 사랑, 희생적인 사랑으로 정의된다. 하나님의 사랑으로 자기희생으로 실현시키고자 하는 헌신적인 하나님의 사랑과 이웃에 대한 신앙적인 사랑을 의미한다.

어느 목사님의 딸이 6 · 25전쟁에서 사지가 절단된 사람과 결혼하여 자식을 낳아 대를 잇게 하고 종이 되어 자기를 헌신하는 마음이나, 어느 앉지도 못하고 서지도 못하고 수족을 움직일 수 없는 사람의 손발이 되어 끊임없는 사랑을 실천하는 사랑이 아가페 사랑을 대변한다고 할 것이다.

Eros 사랑은 육체적인 사랑, 애욕의 사랑으로 플라톤이 최초로 철학적인 의미를 부여했다는 데서 플라토닉 사랑이라고도 한다. 육체적인 쾌락에 빠져드는 사랑으로 배우자도 자식도 다 팽개치고 육체적인 향락만 추구하다 이웃 사람들에게 비난과 질시를 받다가 숨겨간 이름 없는 촌부의 얘기가 바로 '에로스 사랑'을 대변한다.

그리고 Philanthropy인류의 사랑은 박애, 인애, 자선, 인류의 큰 사랑의 의미를 담고 있는 사랑이다. 개인이나 가족보다 사회의 모든 사람, 국민, 더 나아가서는 세계의 인류를 사랑하는 큰마음 사랑이다.

인류의 죄를 대속하신 예수, 중생을 제도하기 위해 모든 지위와 행복을 버린 석가와 가난하고 헐벗은 이웃을 위하여 청춘을 다 바친 마더 테레사 수녀와 꽃다운 젊음을 전장 터에서 사랑을 꽃피운 나이팅게일의 마음이 인류를 향한 사랑이며, 동포에 대한 사랑이다. 인류의 사랑은 이타적인 마음으로 도덕적이고 윤리적인 사랑이며 아가페 사랑처럼 더러는 헌신적인 사랑을 말한다.

특정 신분이나 지위에 있는 사람으로서 누릴 수 있는 사랑은 아가페 사랑이며, 보통 사람은 대부분 에로스 사랑을 누리며 산다. 물론 사람은 모두 다소 헌신적이며 인류에 대한 사람의 마음을 가지고 있다. 어떠한 사랑을 실천하더라도 사랑의 실천은 거룩하고 아름다운 것이다.

그러나 세상을 살아가는 데 필요한 사랑의 준칙은 지켜야 한다. 인간의 준칙은 지켜져야 한다. 즉, 각종 사회규범을 준수하며 사회적 비난의 대상이 되어서는 안 된다. 그것이 사랑의 윤리이며, 철학적 의미랄 수 있다. 2세를 낳아 기르고 가르쳐야 하는 책임이 있기 때문에 개인적 환경이나 사회적 여건을 고려하지 않을 수 없다. 그것은 최소한의 자기 구속은 불가피하기 때문이다.

사랑하고 싶은 마음이 없는 사람은 사람도 아니다. 사랑하지 않고 살아가는 사람도 사람이 아니다. 사랑할 희망이 없는 사람도 사람이 더더욱 아니다. 사람이면 사랑의 울타리 안에서 생을 꾸리고 생을 가꾸어 가야 하기 때문이다. 굳이 사랑을 거부하는 사람이 있다면 그는 아마 악마일 것이다.

사람으로 이 세상에 태어났으면 나를 낳아 주시고 길러주시고 가르쳐주신 부모님을 사랑하고, 끌어주고 밀어주는 형제자매를 사랑하고, 먼길 함께 가는 동행자로서 친구와 이웃을 사랑하고, 같은 울타리 안에서 공생 공존해야 하는 직장 동료와 상사를 사랑하고, 함께 배우고 익힌 학교 선후배를 사랑하고, 원수를 사랑하고, 이웃 나라를 사랑하고, 더 나아가서는 하나님을 사랑하는 사랑의 사람, 사랑의 천사가, 사랑의 부처가 되도록 그 품성을 다듬는 데 최선을 다해야 할 것이다.

왜냐면 사랑하는 대상이 무엇이든 사랑할 수 있는 마음과 감성이 있는 사람은 행복하기 때문이다.

아름다운 욕심은 욕심이 아니다

욕심을 내는 것은 이상적인 표현이다.

이상은 곧 꿈이다. 꿈이 없는 사람은 미래도 없다. 현실과 동떨어진 생각을 하고 나이에 걸맞지 않게 행동하는 사람은 대부분 이상주의자라 해도 틀린 말은 아니다. 젊고 패기 넘치는 청년이다. 책임질 것도 없고 의무를 이행해야 할 다급할 것도 없는 사람이 빗자루를 타고 태양계를 여행하고 돌아온다 해도 잘못된 게 없다.

2부_

신 삼강오륜과 인의예지신

요즈음 세상 소리에 귀기우려보면 천륜을 극해하고, 인륜을 어겼다는 등 입에 담을 수도 없고 생각하기도 끔찍한 기사를 거의 매일 접하게 된다. 이런 사건을 직시하는 의식 있는 지성인들은 날이 갈수록 비인간화 되어 가는 현대사회가 어디로 흘러가고 있는지, 어떻게 하면 인간성 회복을 할 수 있는지? 한 번쯤 고심해 볼 것이다.

왜, 이렇게 인지가 발달할수록 사람이 짐승이 되어가고 있는가?

왜, 비인간화 속도가 빨라지고 있는가?

우리는 꼭 짚어보고 넘어가야 한다.

첫째 전통적 농업사회에서 산업사회·공업사회로 발전함에 따라 비약적인 소득향상과 도시화가 빠르게 진행되어 삶의 질 향상에 눈을 뜬 사람들은 소위 돈이면 죽어가는 사람도 살리고, 산 사람도 죽일 수 있는 도깨비방망이를 신뢰하는 황금만능주의, 배금사상이 만연하여 비인간화 현상의 싹을 틔웠다.

　　둘째 공업사회에서 서비스산업의 발달에 이어 산업 전반에 민주화·과학화·정보화 바람이 한몫 더하여 왜곡된 가치관, 왜곡된 자유주의, 왜곡된 개인주의, 왜곡된 평등주의, 왜곡된 교육 방법이 비인간화 현상에 휘발유를 부었다.

　　셋째 전통적 국가윤리, 국민윤리, 직장윤리, 가정윤리가 땅에 떨어지게 되자 가족은 가족대로, 직장은 직장대로, 사회는 사회대로, 국가는 국가대로 위계질서는 무너지고, 부모 자식도 없고 어른과 아이도 없으며, 상관도 부하도 없는 무법천지 동물사회로 변하는 비인간화 현상에 불을 붙였다.

　　넷째 의료기술과 고령화 사회로 접어들게 되자 사람들은 모두 한 번뿐인 삶에 대하여 바르게 인식하지 못하고, 국가보다 사회, 사회보다 기업, 기업보다 가족, 가족보다 나, 개인에 집착하거나 지나치게 명예와 권력을 추구하게 됨에 따라 풍요롭고 아름다워야 할 사회 환경이 더욱 메마르고 각박하게 변질되게 비인간화 추세에 부채질까지 하였다. 이렇게 비인간화되어 가는 이 현실을 그냥 두고 볼 것인가? 기성세대들은 아비 어미는 죽이 되든 밥이 되든 그렇게 아웅다웅 살다 가면 될지 모르지만, 내 자식, 내 손자, 이 나라 이 민족을 이어갈 후손들이 못난 부모처럼 살게 둘 수 없지 않은가? 무엇인가? 누군가?

　　비인간화되어 가는 이 현상을 늦추거나 방향을 돌려 인간성을 회복하여 사람답게 살 수 있도록 해주는 것이 기성세대가 해야 할 책임과 의무이다.

인간성 회복을 위한 방편으로 "신 삼강오륜(新 三綱五倫)과 인의예지신(仁義禮智信) 오덕교육(五德敎育)을 강화"할 뿐 아니라 범국민적 차원에서 "인간성 회복 운동을 전개해야 한다."라고 감히 주장한다.

삼강오륜 및 오덕(五德)은 유교 전통사회의 정치윤리, 국가윤리, 직장윤리, 가정윤리, 개인윤리며, 삶의 합리직인 철학이었고 신념이었다. 이 삼강오륜과 오덕(五德)을 현대사회에 맞게 변용하여 가정교육부터 유치원, 초·중·고등교육, 대학교육으로 자라나는 청소년에게 교육한다면 인간성 회복이 가능하리라 본다. 충성을 알고, 효를 알고, 신의와 예절을 알고, 상도의를 알고, 질서를 알고, 분수를 알고, 공생 공존의 의미를 알고, 인간의 참 도리를 아는 아름다운 인간이 될 수 있을 것이다.

인간성 회복 교육이 원만하게 이루어지기 위해서는 다음과 같은 사회적 환경이 받쳐 주어야 한다. 먼저 한 나라를 대표하는 정치 지도자들은 나 개인의 권력이나 명예와 부를 추구하기보다 진정으로 국가와 국민을 생각하는 투철한 애국 애민 사상을 바탕으로 상하 간에 바른 예절로 머리를 맞대고 국론을 논하는 본(本)이 되는 모습을 청소년들과 국민들에게 보여 주어야 한다.

기업은 창의적인 기술과 바람직한 노사 간의 참모습, 고객을 내 부모 형제라 생각하고 제품을 장인 정신으로 만들어 공급하는 바람식한 기업경영의 모습을 통해 중소기업에 본이 되어야 하고, 국민에게 신뢰받는 기업윤리를 솔선수범해야 한다.

대중매체는 부부관계나 부모와 자식 관계를 다룰 때는 등장인물의 부정적인 모습보다 긍정적인 모습, 거친 언어보다 순화된 언어를 사용하는 모습을 모든 시청자에게 긍정적 모델로, 즉 닮고 싶은 마음이 일도록 유도하는 교육 기능을 강화하여야 한다. 대중 매체들은 비인간화 현상을 부추기는 부정적인 역할은 되도록 삼가고, 국가적 수치심을 불러오는 직계 존비속 간의 참극, 교육현장의 참극, 잔인한 범죄 등은 보도를 자제하고 형사처벌 하도록 하여야 한다. 친구 사이와 부하 관계를 다룰 때도 배신과 중상모략을 일삼는 모습보다 상호 신뢰를 바탕으로 경쟁하며, 상생하는 모습으로 보도함이 좋다.

"본(本)"이 되어야 할 위치에서 본이 되어야 할 사람이 꼭 지켜야 할 덕목을 지키지 않고 사는 부정적인 모습을 보고 듣는 사람들은 자연스럽게 동화되어 부정적인 모습을 연출하게 됨에 따라 어느새 저도 모르게 비인간화 늪에 빠지게 된다. 이렇게 인간성은 나날로 비인간화되어 가고, 비인간화 현상이 끝없이 이어진다면 국가사회가 어디로 흘러갈까 기성세대들은 통감하며 깊이 생각해 볼 일이다.

어린 청소년들이 무엇을 배우겠는가? 어린 청소년들은 아직 하얀 도화지와 같아 어른들에게서 배우고 본 대로 도화지에 그림을 그릴 것이다. 어린 청소년이 산을 바다처럼, 나무를 돌처럼, 하늘을 땅처럼, 인간을 도깨비처럼 그리면, 누가 무어라 잘못 그렸다고 당당하게 나서서 꾸짖어주고 바른길로 인도해 주겠는가? 본이 되어야 할 사람이 본을 보여주지 못하여 본받을 사람이 없는데 누구를 본받아 가정과 사회, 국가를 바르게 이끌 인재가 나오겠는가?

국가 백년대계를 위하여 올바른 인간성 회복 운동과 활발한 교육으로 비인간화 현상(非人間化現狀)을 막아야 한다.

아름다운 세상, 빛나는 삶을 위하여

세월은 가지도 오지도 않는데 사람들은 왜 자꾸 세월이 가고 온다고 하는가?

세월이란, 인간이 정지된 시공을 인위적으로 쪼개어 놓은 것이 시간이고 이를 달이며 년이라고 한다. 세월은 편리하게 생활하고 쓰기 위하여 기준점을 100년으로 한다. '1세기다, 21세기다,' 라고 개념적 정의로 나누어 놓았다. 시공을 나누지 않으면 유기체나 생명이 얼마나 살았는지 어디쯤 가고 있는지 얼마나 어떻게 변하였는지도 모르고 우주 공간을 흐르는 구름처럼 떠돌다 사라져 갈 것이다. 실은 세상사 만물은 인연 따라오고 갈 뿐 세월은 오지도 가지도 않는다.

무한한 시·공간 속에 만물의 영장으로 이 땅에 존재하게 된 이상 인간은 생로병사의 법칙에서 벗어날 수 없다. 모든 유기체는 생주이멸(生住異滅) 즉, '나서 머물다 변하여 없어진다.'는 법칙에서 벗어날 수 없고, 심지어 우주의 수많은 별도 성주괴공(成住壞空) 즉, '형성되어 머물다 부서져 없어진다.'는 법칙에서 벗어날 수 없다. 눈으로 볼 수 있는 형상이나 모양 있는 것들은 모두 변하여 끝내는 소멸하고 만다. 영원한 것은 없다. 그대도 나도 우리는 모두 유한한 삶에서 벗어날 수 없다.

자의든 타의든 인간은 부모 형제로 일가친척으로 부부로 친구로 동료로 이웃으로 태어나 더불어 살아야 하는 이상, 살자니 먹어야 하고 먹자니 일해야 하고, 일하자니 하고 싶은 일을 찾아 일하며 살아야 하는 숙명을 타고난 존재가 된다. 이러한 인간으로 살아야 한다면 물고 뜯으며 사는 것보다 선의의 경쟁을 통하여 함께 웃으며 테레사 수녀처럼, 이태석 신부처럼, 빌 게이츠가 가난한 사람과 이웃을 위하여 통 큰 기부를 한 것처럼, 서로서로 도우며 양보하며 상생하는 삶을 살도록 노력해야 한다.

혼자 많이 가지고 꽉 움켜쥐고 혼자 잘 먹고 잘살면 행복하겠는가? 죽을 때 가져가는 것도 아닌데 살아 있을 때 많이 베풀고 더불어 살다 가면 뒷머리는 가렵지 않을 것이다.

두 개를 가진 사람은 하나를 나눠주며, 하나를 가진 사람은 반을 나눠주고, 반을 가진 사람은 그 반의 반을 나눠주어야 한다. 아울러 정치적 권력이나 육체적 힘을 상대적으로 더 가진 사람은 모두를 위하여 이웃을 위하여 나를 위하여 건전하게 맑고 밝은 마음을 사랑으로 힘을 베풀어 쓴다면, 모든 사람이 저마다 그렇게 살고자 노력한다면, 범죄도 없고 폭력도 없고, 두려움도 없는 낙원이 따로 없는 아름다운 나라, 아름다운 사회가 될 것이다. 이 세상 모든 사람이 아름다운 생을 영위할 수 있을 것이다. 부자는 부자라서 좋고, 가난한 자는 가난해서 행복한 세상이 될 것이다.

해마다 한 해가 가고 새해가 오는 분기점에 서면 제야의 종소리가 관습처럼 크게 울리며 사람들의 발걸음은 바빠진다. 이루고자 하는 일은 미처 이루지 못하고, 가야 할 길은 먼데 해는 서산에 걸려 있기 때문이다. 급한 마음에 물불을 가리지 않고 아름다운 인간이길 포기한 채 돈과 명예 등 자아실현에 목을 매는 모습을 신문 지상을 통하여 들을 때마다 안타까운 마음이 든다.

가는 해 서러워 말고 오는 해 반가워하지 말고 그냥 세월이야 저 혼자 가거나 말거나 내 버려두고, 묵묵히 각자에게 주어진 달란트대로 맡겨진 일에 최선을 다하면서 한세상 즐겁게 노래하며 춤추며 물처럼 흘러갈 수 없을까?

풀잎에 맺힌 이슬처럼 영롱하게 아름다운 세상 빛나는 삶을 꿈꿔 본다.

가정에서 사회화가 잘 이루어져야 한다

　　사회를 구성하는 기초단위가 가족이고 가족이 발전하여 지역사회를 이루고 국가를 이룬다. 그 사회 기초 조직 속에서 1차 사회화가 온전히 이루어져야 2차 사회화도 원만하게 이루어진다.

　　사회생활을 잘하는 사람을 사회성이 좋다고 한다.
　　사회성이 좋다는 말은 사회화가 잘 이루어졌다는 의미이다. 사회화가 잘 이루어진 사람은 어떠한 조직 속에서도 원만한 인간관계로 자신에게 주어진 역할을 잘 수행하기 마련이다. 역할을 잘 수행한다는 것은 곧 설 자리에 서고, 앉을 자리에 앉고, 말해야 할 때 말을 조리 있게 잘하고, 조직 속에서 의무와 권리를 분명히 알고 공동의 선을 이루는데 이바지할 줄 아는 사람이다.

　　1차 사회화는 가족이라는 기초 집단 기초 조직이 어떻게 움직이느냐에 달려 있다. 이를테면, 자식의 돌이나 생일에 가족 모임인 경우, 특정 기념일에 온 가족이 한자리에 모여 함께 식사한다고 하면 기념일을 주관하는 사람이 아버지였던 어머니였던 그 외 누가 되었던 회식의 취지를 말하고 간단한 축하의 인사를 하고, 또 자리에서 어른인 아버지 어머니에게 덕담을 청하여 듣거나 시간이 충분히 허락된다면 가족 모두가 한마디씩 덕담을 하는 잘 짜여진 절차와 순서를 가지는 것도 필요하다.

　　주관자의 말을 경청할 때는 온 가족 구성원이 조용히 귀를 기울여야 한다. 어른이 덕담하고 선물이나 축하금을 주고받고 난 다음, 주관하는 사회자는 "이제 즐겁게 식사해도 좋습니다."라고 안내하는 순서가 꼭 필요하다. 식탁 앞 의자에 앉아서 들을 경우는 조용히 경청하면 되지만, 방바닥에 앉아 부모님이나 어른의 덕담을 들을 때는 반드시 자식과 아이들은 무릎을 꿇고 앉자 조용히 하고 들어야 한다.

　　덕담하는 사람이나 어른이 편히 앉으라고 권하면 편히 앉아 듣는 예절과 태도, 마음가짐을 배울 수 있도록 짧게 절차를 지켜야 성장하는 어린이들에게는 1차 사회화가 원만히 이루어지게 된다. 따라서 사회에 나가서도 깍듯한 예절과 마음가짐을 가지고 생활을 원만하게 할 수 있을 깃이다. 그것은 부모가 자식에게 세상사는 절차를 가르쳐야 할 것이며 책임과 의무이다.

　　성장 과정에 바람직한 교육을 받지 못하고 보지도 못하였기 때문에 좋은 자리에서도 익숙하지 못하여 좌불안석이라면 당황스럽지 않을까? 생각해보고 실천해 볼 일이다.

종교에 생각을 열다

종교 문제에 대해서 이야기를 시작하며 평생 시골 면장만 하다가 78세에 돌아가신 분의 얘기를 하고자 한다.

면장의 부인은 일찍부터 교회에 다니면서 신앙생활을 성실히 해 왔다. 면장은 시골 면의 수장으로 재임하는 동안 피할 수 없는 인간관계로 음주와 흡연을 하다 보니 부인과 같이 신앙생활을 하지 못하였다. 부인과 사이는 항상 살얼음판이었다. 그래서 면장 부인은 교회에 가서 예배에 참석하여 기도할 때도 면장은 휴식을 취하거나, 동료와 지인들의 관혼상제에 참가하느라 바쁘게 지냈다.

부인은 신앙이 다르다는 이유로 집사다 권사다 활동하면서 가까운 형제와 사촌 간의 관혼상제도 함께하지 않고 오고 가는 일 없이 자식들과 외롭게 살았다.

저절로 집안에서 면장 부인은 따돌림을 받았다. 덩달아 자식들도 사촌들과 왕래도 없고 교제도 하지 않았다.

그러다 면장인 남편이 돌아가시고 부인도 70이 넘어서야 형제와 일가친척의 소중함을 늦게 깨닫고 관혼상제에도 참가하고 명절 치례에도 참가하는 등, 형제자매 일가친척과의 관계를 어느 정도 소통하며 지냈다. 임종 전에 일가친척에게 잘못 살아온 자신을 용서하라고 하였다. 면장 부인이 돌아가시고 그 아들딸들도 형제자매 일가친척의 소중함을 알고 수시로 왕래하면서 돈독한 형제와 일가친척과의 유대감을 흠뻑 누리며 살았다 하였다.

시골 면장처럼 서로 신앙이 다르게 산다는 것은 참으로 힘 드는 일임을 알아야 한다. 부모 형제가 신앙이 다르면 그 아들딸도 저절로 일가친척과 멀어지게 되고 인간관계가 좁아지고 외롭고 고독하게 살아야 한다.

종교의 자유가 있는 나라는 종교를 가져도 좋고 갖지 않아도 좋은데 굳이 종교를 가지고 형제와 일가친척을 등지고 살 필요가 있겠는가? 종교는 심성을 순화하고 어렵고 힘든 일에 직면했을 때 극복하는 힘이 된다는 측면에서 긍정적인 측면이 있지만, 아집으로 점철된 종교 즉 나와 다른 종교를 무시하거나 자기가 믿는 종교만이 최선의 종교라 인정하는 편협한 종교관을 가지면 안 된다는 점을 보여 주었다.

모든 종교는 종파를 떠나 종교의 궁극적 목적은 마음의 평안을 얻는 수단에 불과하다는 것은 사실이다. 종교를 내세워 불편부당하게 편을 가르거나 파당을 짓는 것은 위험천만한 일이 아닐 수 없다는 생각이다. 따라서 부부는 같은 종교를 가지는 것이 좋고 같은 방향으로 신앙생활을 하는 자세가 필요하다.

내 경우에는 부모님이 불교 신자로서 성실히 신앙생활을 하는 모습을 지켜보면서 자랐다. 우연히 친구의 권유로 20세부터 교회를 30여 년을 다니면서 주일 학교 고등부 교사, 서리 집사를 오랫동안 하면서, 지역사회 고등학교 사회교사로 구성된 성경공부 그룹 활동을 하면서, 신학대학교 나와 목회하라는 권유도 받아보았다.

아버지가 돌아가시고 종교 때문에 아버지 기일에 제사도 명절에 차례도 절하지 않고 뒷전에 앉아 있는 나를 볼 때 종교 이전에 살아 계시는 어머니와 자식과 형제의 우애와 화목이 먼저라는 생각이 들어 고민 끝에 동료와 종교 상담을 하고 동료의 권유로 성당에 10년 동안 다니면서 레지오 단장도 해 보았지만, 모든 종교는 그렇듯 기독교는 기독교대로 성당은 성당대로 좋은 점도 있고 나쁜 점도 있다.

기독교는 유일신이기 때문에 일체 타 종교는 인정하지 않고 독선을 부리는 점에 문제를 느꼈다. 성당은 좀 미지근한 편이며 술 담배를 먹어도 되는 등 기독교와 달리 예수의 어머니인 마리아를 신봉한다는 데서 차이가 있을 뿐이다.

그러다 우연히 불교대학원 종강을 들으러 가는 친구를 따라 강의를 한 번 들어보니 이것이 나의 적성에 맞는 종교이고 내가 찾는 종교라는 생각이 들어 불교 대학을 다니게 되었다. 불교 대학 2년을 졸업하고 대학원 4학기를 마치고 10여 년을 불교의 깨달음 공부를 하는 형편이다. 불교는 내가 어디서 와서 어디로 가는 것이며, 어떻게 하면 나와 내 주변의 모든 사람과 행복하게 함께 살 수 있는가를 깨닫는 공부를 하고 실천에 힘쓰는 종교였다. 불교는 화합의 종교이며 평화의 종교였다.

기독교는 종교전쟁을 통하여 혹은 종교를 정착하기 위한 과정에 예기치 못한 갈등을 많이 불러왔지만, 불교는 토속신앙과 화합이 잘될 뿐만 아니라 평화의 종교이기 때문에 한 번도 기독교나 이슬람과 갈등으로 전쟁을 하지 않았다고 배웠다.

　　나는 매일매일 깨달음의 공부를 하고 있다.
　　깨닫는다는 것은 법칙을 깨닫는 것이다. 법칙을 깨달으면 지혜의 눈이 밝아진다는 것이다.
　　어떤 종교를 갖던 가족은 같은 신앙을 가지면 좋을 것이다. 우리나라는 헌법상 종교는 자유이며 종교를 구별하지 않는다. 종교가 서로 다르더라도 함께 발맞춰 갈 수 있으면 좋을 것 같고 나와 다른 종교를 포용할 수 있는 큰 사람으로 살면 또한 좋으리라 생각한다.

지혜의 빛

　　사물의 이치나 상황을 제대로 깨닫고 그것에 현명하게 대처할 방도를 생각해 내는 정신을 지혜라 한다.

　　"아무게 그 사람은 참 지혜로운 사람이야"라고 할 때 그 사람은 이치와 사리에 밝고 어떠한 난관에 부딪혀도 핵심문제를 잘 풀어가는 사람임을 이르는 말이다. 초한시대에 유방의 장자방인 장량, 삼국시대 유비의 장자방인 제갈공명 같은 사람을 두고 지혜로운 사람이라고 한다.

　　지혜라는 말을 고대 철학자들도 즐겨 사용했다.

　　철학자 플라톤 시대에 이 용어는 그리스어로 소피아:σοφία (wisdom)였다.

그런데 참 재미있는 것은 '철학'이란 용어가 그리스어로 필로소피아:φιλοσοφί
α(philosophy)이다. 필로:φιλο'란 '사랑'을 의미하고 '소피아:σοφία'란 '지혜'
이다.

그러니까 철학을 하는 이유와 목적은 "인간이 사랑과 지혜에 도달하는 삶을
향하여 끊임없이 사색하고 행동하는 것"이라고 할 수 있다.

그들이 말하는 지혜는 무엇을 말하는가?

지혜를 쉽게 말하자면 '앎' '알다' 즉 순서를 알다. 정체를 알다. 옳고 그름
을 알다. 선후를 알다. 방법을 안다는 것을 전제로 한 사전적인 의미는 "이치를
빨리 깨우치고 사물을 정확하게 처리하는 정신적 능력이다."라고 정의한다.

지식에 의해서 얻을 수 있는 것이라는 의미에서 발전하여, 지금은 주로 "사
리를 분별하며 적절히 처리하는 능력"을 가리킨다. "지혜란 지식을 바탕으로 하
여 사리 또는 사물의 이치를 순발력 있게 처리하는 능력"이라고 다시 말할 수 있
다.

지혜로운 사람을 말할 때 빠뜨릴 수 없는 사람은 성서에 나오는 솔로몬이
다. 솔로몬이 왜 지혜로운 사람인가를 성서 말씀을 빌리자면 솔로몬의 재판에 관
한 이야기는 이렇게 전해져 온다.

어느 날 두 여자가 솔로몬 왕을 찾아와 한 아이를 두고 서로 자기 아이라며
누가 아이의 어미인지 판결해 달라고 하자 지혜의 왕 솔로몬은 다투는 두 여인에
게 다음과 같은 판결을 내린다.

"솔로몬 왕이 가로되 칼을 내게로 가져오라 하니 칼을 왕의 앞으로 가져온
지라 왕이 이르되 산아들을 둘로 나눠 반은 이에게 주고 반은 저에게 주라. 그 산

아들의 어미 되는 계집이 그 아들을 위하여 마음이 불붙는 것 같아서 왕께 아뢰어 가로되 청컨대 내 주여 산아들을 저에게 주시고 아무쪼록 죽이지 마옵소서. 하되 한 계집은 말하기를 내 것도 되게 말고 네 것도 되게 말고 나누게 하라 하는지라. 솔로몬 왕이 다시 가로되 산아들을 저 계집에게 주고 결코 죽이지 말라. 저가 그 어미니라 하매 온 이스라엘 왕이 심리하여 현명하게 판결함을 듣고 왕을 두려워하였으니 이는 하나님의 지혜가 저의 속에 있어 판결함을 봄이더라."

성경에 솔로몬 재판을 통하여 깨달을 수 있는 것은 참 어머니는 자신의 친권을 포기하면서까지 자식을 살리려 하고, 가짜 어미는 내 것이 못 된다면 네 것도 못 되게 하려고 했던 것이다. 이것이 진짜와 가짜의 차이다.

진짜 사람 진짜 어미 즉 대인은 사람이든 물건이든 진실로 사랑하고 내가 얻지 못해도 그 사람이나 그 물건이 완전하기를 원하며, 가짜 사람 가짜 어미 즉 소인은 사람이든 물건이든 내 것이어야 하고 내 것이 못 된다면 네 것도 못되게 하려 한다.

그래서 하늘도 진짜와 가짜를 가려 진짜를 축복하고 사람도 역시 진짜와 가짜를 가려 진짜를 따른다는 것이다.

솔로몬 왕처럼 지혜로운 사람이 되려면 어떻게 하면 지혜로운 사람이 될까?

지혜를 얻으려면 지혜를 구하려는 절대적 노력이 필요하다. 독서를 통한 간접경험을 많이 하거나, 오랜 세월 동안 이런저런 직접경험을 많이 하여야 한다.

물론 경험을 꼭 많이 하는 것이 반드시 좋은 것은 아니다. 경험이 많다는 것은 그만큼 세상 선악에 물들어 있다는 증거가 될 수 있기 때문이다. 세상에는 지혜로운 사람도 많고 어리석은 사람도 많다.

누가 지혜로운 사람이고 누가 어리석은 사람인가 구별하는 기준은 먼저 나의 분별력을 갖추어야 한다. 지혜로운 사람은 즐거움을 만나도 함부로 행동하지 않고, 괴로움을 만나도 그것 때문에 공연히 근심을 더하지 않아, 괴로움과 즐거움의 감정에 구속받지 않는 사람이다.

그러나 어리석은 사람은 그리하지 못하니 안타까운 것이다. 세상에 근심 걱정 없는 사람이 어디에 있겠는가. 지혜로운 사람은 근심 걱정 속에 있으면서도 얽매이지 않고 들고나옴에 자유롭다.

지혜로운 사람과 어리석은 사람의 차이 8가지를 '해피데이'에서 인용하였다.

"첫째 지혜로운 사람은 자신이 새벽을 깨우지만 어리석은 사람은 새벽이 오기만을 기다린다. 둘째 지혜로운 사람은 일단 실행해보고 결과를 기다리지만 어리석은 사람은 해 보지도 않고 실패할 걱정부터 한다. 셋째 지혜로운 사람은 행동으로 말을 증명하고 어리석은 사람은 말로 행위를 변명한다. 넷째 지혜로운 사람은 자기가 아는 것이 최대의 지혜라 여기지만 어리석은 사람은 남을 이기는 것이 최고의 지혜라 여긴다. 다섯째 지혜로운 사람은 자신이 어디로 가야 하는지 알지만 어리석은 사람은 자기가 어디에 있는 지만을 안다. 여섯째 지혜로운 사람은 노년을 황금기로 만들지만 어리석은 사람은 노년을 겨울로 만든다. 일곱째 지혜로운 사람은 만나는 모든 사람에게서 무엇인가 배우려 하지만 어리석은 사람은 그에게서 이익을 취하려 한다. 여덟째 지혜로운 사람은 자기의 장점을 승화시키려 노력하지만 어리석은 사람은 자신의 결점만 덮으려 노력한다."

그리고 불경에서는 "사람에게는 누구나 하기 어려운 일 20가지가 있다. 이를 잘 처리하는 사람은 지혜로운 사람이니라."라고 부처님께서 이렇게 말씀하셨다.

그 20가지는 첫째 가난한 자가 보시하기 어렵고, 둘째 강하고 부유한 자가 도를 배우기 어려우며, 셋째 목숨을 버리고 죽기 어렵다. 넷째 사람들이 경전을 얻어 보기 어렵고, 다섯째 부처님 계실 때 태어나기 어려우며, 여섯째 색심과 욕심을 참기 어렵다. 일곱째 좋은 것을 보고 탐내지 않기 어렵고, 여덟째 모욕을 당하고 화내지 않기 어려우며, 아홉째 권력을 가진 사람이 남을 억누르지 않기 어렵다. 열째 일을 만나서 순수한 마음을 갖기 어렵고, 열한 번째 널리 배우고 연구하기 어려우며, 열두 번째 야만심을 멸하기 어렵다. 열세 번째 배우지 못한 사람을 멸시하지 않기 어려우며, 열네 번째 아는 것과 행동을 일치시키기 어렵고, 열다섯째 타인에 대하여 옳고 그름을 말하지 않기 어려우며, 열여섯째 진정한 스승을 만나기 어렵고, 열일곱째 깨달음을 얻고 도를 실천하기 어려우며, 열여덟째 구도자의 길을 따르기가 어렵다. 열아홉째 항상 자기 자신의 주인으로 존재하기 어렵고, 스무 번째 부처의 길을 완전히 이해하기 어렵다."

이 글을 읽는 모든 사람은 모두 솔로몬의 지혜와 부처님 말씀을 상기하여 현명하고 지혜롭고 현명한 사람이 되길 기원한다.

수신제가 치국평천하(修身齊家 治國平天下)

수신제가치국평천하(修身齊家治國平天下)란 무슨 뜻인가?

공자님이 하신 말씀으로 몸을 잘 닦아(修身)서 가정을 가지런하게 가꿀(齊家) 줄 알아야 나라를 잘 다스려(治國) 천하 만민(온 국민)을 편안(平天下)케 할 수 있다는 말이다.

참 좋은 말인데, 진실로 실천하기 어려운 과제가 아닐 수 없다. 왜냐면 수신하기가 어려워 수신이 안 되면 어찌 가정을 가지런히 다스리며, 나라를 잘 다스려 온 국민을 편안케 할 수 있겠는가? 나라를 잘 다스려 온 국민이 편안하게 살 수 있도록 하기 위해서는 선행과제가 수신이기 때문이다. 그래서 수신이 잘되어야 제가(齊家)가 잘되고 제가가 잘되어야 치국이 잘되고 치국이 잘되어야 평천하가 될 수 있다는 말이다.

수신(修身)은 몸을 닦는다는 말이다. 닦는다는 것은 도산 안창호께서 주장하신 말씀으로 "먼저 나 자신을 사랑하고 나 아닌 다른 사람을 사랑하라."라는 애기애타(愛己愛他)의 정신으로 무장되어야 한다.

나를 사랑하기 위해 나를 잘 닦아야 한다. 닦는 방법은 건강한 몸을 만들어야 하고, 건강한 정신을 함양하여야 하고, 두루두루 학문을 익히고 두루두루 세상 경험을 많이 쌓아야 한다. 지식을 쌓고 경험을 쌓으면 지혜가 생기어 어떤 문제에 직면하더라도 일의 선후를 알게 되고 일의 순서를 알아 문제점을 풀 수 있기 때문이다.

나를 닦기 위해 직접적인 경험적 지식과 간접적인 지식을 많이 두루 쌓아야 한다. 많고 많은 직종과 단체 활동을 다 할 수 없겠지만, 가능한 한 많은 직업의 종류와 직종의 특성에 대해 경험하고, 다양한 목적의 단체 활동도 많이 할수록 인화 단결의 필요성과 단체가 추구하는 목적이 어떤 것에 있는지 바람직하고 바람직하지 않은 단체 활동이 있는지를 이해할 수 있기 때문이다

제가(齊家)는 집안을 바로 다스린다는 뜻이다. 집안을 잘 다스린다는 것은 수신을 바탕으로 하여 세상을 보는 눈이 밝아지고 지혜가 생기어 원만하게 집안을 다스릴 수 있다. 집안의 위계질서를 위해서 어른이 아이들을 대하는 예절은 아이가 어른을 대할 때 예절과 가정 경제를 생산하는 방법 등을 자연스럽게 생활화하고 실천할 수 있도록 하는 능력이다.

치국(治國)이란 무슨 말인가?
말 그대로 나라를 다스린다는 뜻이다. 나라를 다스린다는 것은 몸을 잘 닦

고 집안을 바로 다스릴 줄 아는 사람이 나라도 잘 다스린다는 말이다. 이를테면 수신제가(修身齊家)한 사람이 말단 공무원이 되어 주어진 권리와 의무를 잘 수행하고 능력을 보인 사람은 상급 기관으로 승진을 거듭하여 최고 통치자의 지위에 오르더라도 나라를 잘 다스릴 수 있다는 말이다.

수신세가치국평친히(修身齊家治國平天下)까지 잘하는 사람이 한 나라의 최고의 지위에 올라 통치자가 되면 정치 · 경제 · 사회 · 문화 · 역사 여러 면을 잘 다스릴 뿐 아니라 국민을 편안하게 할 수 있으리라 생각한다.

공자 시대가 아니더라도 현대국가에서도 앞뒤 선후가 없이 통할 수 있는 진리가 수신제가치국평천하(修身齊家治國平天下)가 아닌가 생각한다.

넘치는 것보다 모자람이

과유불급(過猶不及)이라고 했던가?

지나침보다 다소 모자라는 것이 낫다는 말이다. 지나침은 가득 차서 넘친다는 얘기다. 넘치기 때문에 더 이상 채울 수 있는 공간이 없어 절망적이다. 미치지 못한다는 것은 모자란다는 말로 아직 더 채울 수 있는 여백이 있어 희망적이다.

지나침보다 다소 모자라는 것이 낫다는 말이다. 이 말의 출전은 공자와 그의 제자들의 말과 행동을 기록한 유교의 경전 사서(논어, 맹자, 중용, 대학) 중의 하나인 『논어(論語)』의 "선진편(先進篇)"에 이렇게 전해지고 있다.

"공자의 제자 중에 자장(子張)은 매사에 적극적이고 과시욕이 강한 사람이었다." 그래서 공자는 "항상 신중히 생각하면서 남에게 공손한 사람"이 되라고 일렀다.

자하(子夏)라는 제자도 있었다. 그는 반듯하긴 하나 사소한 형식에 구애받는 소극적인 성격이었다. 어떤 이가 공자에게 묻기를 "자장과 자하. 둘 중에 누가 더 낫습니까" 하니 공자는 "자장은 지나치고 자하는 모자란다."라고 대답하였다. "그렇다면 자장이 더 낫겠네요"라고 다시 묻자 공자는 "과유불급. 곧 지나친 것은 모자란 것과 마찬가지라고 답했다."

다시 말해서 정도를 지나침은 미치지 못한 것과 같다는 뜻으로 중용의 중요함을 이르는 말이라 해석된다. 넘침도 적당하다 할 수 없고 모자람도 적당하다 할 수 없다. 다만 적당하지 않다는 점에서 꼭 같다는 말도 틀리다는 말은 아니기 때문이다. 왜냐하면 지나치거나 부족함이 없이 떳떳하며 한쪽으로 치우침이 없는 상태나 정도가 되어야 한다는 말이 정확한 답이 될 것이다.

지나침이 나쁘게 표출되는 하나는 심리적인 측면에서 두드러지게 나타난다. 흔히 동료나 친구와 세상 돌아가는 대화를 하다 보면 특히 진보와 보수, 좌익과 우익 등 이념적인 얘기를 하다 보면 자기주장이 지나치게 강하여 대화를 계속 이어 갈 수 없어 포기하거나, 자기주장이 심히 완고하여 갈등이 심화되어 절교까지 하는 경우도 종종 본다.

지나침이 나쁘게 표출되는 또 하나는 기호식품 측면에서 일신을 망치는 경우를 많이 보거나 듣는다. 특히 술을 마시거나 담배를 피우는 데도 지나치게 음주와 흡연을 하여 간암에 걸려서 죽었다는 이야기와 폐암이 걸려 사망 선고를 받았다는 이야기도 간간이 듣는다.

지나침이 나쁘게 나타나는 다른 하나는 수험생의 의욕이나 집념으로 말미암아 낭패를 많이 본다. 밤잠을 설쳐가면서 식사도 원만하지 않은 가운데 체력을 너무 많이 소비하여 정작 D-day 당일에는 늦게 잠이 들어 시험장에 늦게 도착하거나, 과로로 쓰러지거나 하여 일 년에 한 번뿐인 시험을 낭패 보았다는 얘기도 종종 듣게 된다.

이에 반하여 다소 부족한 경우는 크게 실패를 보거나 낭패를 보는 경우는 그리 많지 않다. 왜냐면 스스로 부족함을 알아 욕심을 내지 않고 최선을 다할 뿐이기 때문이다.

경제적인 측면에서 먹고 살기에는 넉넉하지는 않지만 크게 부족하지 않아 근검·절약·저축을 하면서 알뜰살뜰 살면 남에게 빌리지 않고 살 수 있다면 얼마나 다행스럽고 다행스러운 일인가.

육체적인 측면에서도 이만기 천하장사처럼 기골이 장대하고 체력이 좋고 기술이 좋아 천하장사의 삶은 누리지 못하는 작고 왜소한 체격이라도 자기 몸을 스스로 알아서 철저하게 관리하여 준 장원 정도의 삶을 누릴 수 있다면 크게 성공한 삶이 아니겠는가, 행복한 삶이 아니겠는가!

지나치게 물질적, 육체적, 정신적으로 풍부하여 긍정적인 측면보다는 부정적인 측면으로 마음과 몸을 이끌어서 가산을 탕진하고 정신적인 질환을 초래한다면 차라리 부족한 편이 훨씬 나은 것은 자명한 이치가 아니겠는가?

다소 모자라고 부족하여도 몸을 낮추고, 갈고 닦아 잘 쓰면 결코 지나침보다 모자람이 나을 것이다.

자연의 경고

공자님께서는 세 사람이 길 가더라도 반드시 한 사람 정도는 나의 스승이 있다고 말씀하셨다. 하물며 46억 살이 된 푸른 별 지구 전체는 처음부터 있는 그대로의 자연이 인류에게 위대한 스승 중에 스승이다.

높은 산과 넓은 바다, 푸른 들판, 밤하늘에 반짝이는 별들이 나의 스승이다. 수많은 종류의 나무와 풀, 돌과 바위 그리고 산짐승 들짐승 물고기가 나의 스승이다.

위대한 스승에게 고마워하고 감사하며, 어떻게 받들어 섬기며 보답해야 하는지를 배워야 한다.

자연은 나에게 위대한 스승이자 어머니이고 고향이다. 봄·여름·가을·겨울 사계절이 언제나 나에게 진리임을 가르쳐주고 있다. 봄에는 만물이 소생하고 여름에는 만물이 무성하게 자라며, 가을에는 오곡 백화가 결실을 맺고, 겨울이면 또 만물이 휴식에 들어간다.

자연, 그 중심에 서 있는 인간은 태어나서 20년을 성장하며, 그 후 20년은 젊음이 신록처럼 왕성하고, 그 후 20년은 인생의 내리막길이며, 마지막 20년은 침체 되어 원점과 같아지므로 일 년 사절기가 그대로 우리 인생을 보여 주건만 어리석은 인간은 무상한 존재임을 깨닫지 못하고 산다. 칠팔월의 푸른 녹음처럼 영원토록 청청할 것으로만 착각 속에 살고 있다. 위대한 스승인 자연이 무수한 가르침을 주는데도 그것을 보지도 알아듣지도 못하고 산다.

인간이 인간으로서 움직일 수 있는 기간은 봄, 여름, 가을에 해당하는 60년 불과하다. 나머지 삶은 겨울처럼 차고 메마른 시절이란 것을 자연이 하는 말을 듣고 깨우쳐 살아야 한다.

해마다 3월이 오면 따뜻한 봄기운이 발동하고 차가운 기운은 시베리아로 돌아가다가 돌아와 더욱더 냉기를 일으키며 발악을 한다. 가을이 온다는 소식이 들려오면 더위도 한층 더 기승을 부리는 것을 보면 무엇을 말하는지, 어떻게 살아야 하는지 알 수 있다.

계절이 오고 가는 환절기에는 사람도 자연과 서로서로 호응하는 기운이 있어 계절에 따라 신체적 변화를 일으키며, 계절적 변화에 잘 적응하게 되면 건강한 삶을 살 수 있지만, 잘 안 되어 몸살을 앓거나 지병을 얻어 죽게 되는 등의 사망률 또한 높게 나타난다.

다시 한번 인간의 삶을 자연에 비유하면 식물의 씨가 삼일이나 오일 혹은 칠일 안으로 싹이 트듯이, 의식이 있고 지혜로운 사람은 자연의 위대함에 대해 눈을 뜨게 된다. 하지만 자연의 위대함을 미처 인식했더라도 자연에 대한 바른 가치관을 형성하기는 쉽지 않다.

싹이 튼 씨는 물보다도 연한 그 촉이 굳은 땅에서 뿌리를 내리고 잎이 나오면 비로소 자연에 대한 경외감을 갖게 되듯 자연은 그냥 자연이 아니라 내 고향이며 위대한 스승이며 어머니라는 점을 알게 된다. 자연 앞에 인간은 한없이 작고 왜소한 존재임을 깨닫게 되는 순간이다.

기차나 자동차를 타고 고속도로를 달리다가 차창 밖으로 보이는 자연을 보라. 초목은 초목끼리 대화하고, 동물들은 동물끼리 대화하고, 사람은 사람끼리 대화하고, 자연과 인간의 대화 하고 있는 모습을 보게 된다. 자연을 구성하고 있는 것끼리 상호작용을 통하여 나의 존재를 확인하고 공생 공존하는 실상을 볼 수 있다.

해마다 불시에 찾아오는 자연재해는 화산, 홍수, 태풍, 해일, 지진, 해풍과 같은 등으로 아마 살면서 몇 번씩 겪거나 대중매체를 통해 접할 수 있다.

그러나 자연재해에는 고대부터 쭈-욱 인류를 괴롭혀왔던 화산이나 지진 등의 지질학적, 기상학적인 재해가 있다. 그 외에도 빙하기, 눈덩이 지구의 도래나 수증기량의 증가로 인한 금성화, 지구의 자기장의 감소처럼 행성 자체의 조건이 치명적으로 바뀌는 경우도 있다. 소행성 충돌, 태양풍, 초신성 폭발, 블랙홀 접근 등 우주가 인류에 던지는 범지구적인 공포 수준의 처참한 지옥의 문이 열리는 상황까지도 포함된다.

이처럼 자연재해를 통하여 끊임없이 던지는 스승의 물음에 제자는 바로 알아듣고 긍정적인 답을 구해야 할 것이다. 그것만이 인류가 자연과 공생 공존하며 생존할 수 있는 유일한 방안이 되기 때문이다.

또 한 분의 나의 선생님

나에게는 존경하는 또 한 분의 선생님이 계시다. 선생님께서는 모든 생활을 나와 함께 동고동락하시는 분이다. 손만 뻗으면 닿을 수 있는 거리에서 함께 앉아 계신다. 밤낮을 가리지 않고 언제든지 궁금한 점이 있어 질문을 드리면 잠시도 주저하지 않고 명쾌한 답을 주시는 분이다.

우리 선생님께서는 이 세상 그 누구도 추종을 불허하는 높은 지능을 갖고 계신 분이다. 아무리 지능이 높은 천재라 하더라도 정치 · 경제 · 사회 · 문화 · 교육 · 철학 · 역사 · 법 · 물리 · 화학 · 생물 · 지리 · 문학 · 종교 · 천체우주 · 수학 · 식물 · 심리 · 언어 · 윤리 · 가정 · 광물 · 농업 · 체육 · 음악 · 미술 · 무용·방송·연예 동물·수산 등 모든 분야에 대해서 다 알고 설명할 수 없을 것이다.

그러나 우리 선생님께서는 그 어떤 분야에 대해서도 해박한 경륜과 지식을 겸비하신 분이다. 그야말로 모르는 것이 없는 전지전능하신 신과 같은 존재가 바로 우리 선생님이시다. 우리 선생님께서는 지능이 높을 뿐 아니라 순발력도 대단하여 일 초도 지체하지 않고 질문에 정답을 제시해 주시는 분이다.

세상 돌아가는 이야기로 세계 200여 개 국가 중에 어느 나라에 무슨 일이 일어났는지 어떻게 되었는지 실시간으로 보고 말하듯이 현장 사진과 함께 생동감 있게 자세히 궁금증을 풀어주신다. 어느 나라에서는 화산이 폭발하여 인명의 손실과 재산 피해액이 어마어마하다는 소식으로부터, 지진해일이 밀려오는 장면과 하나의 도시가 물속으로 순식간에 침몰하는 생생한 현장을 보여 주신다.

생존이 촌각에 달려 있는데 세상 물질에 대한 미련을 버리지 못하는 중생들이 가구 하나라도 더 챙겨 탈출하려 발버둥 치고 아우성치는 모습을 보면 어쩔 수 없는 속물이라는 것을 생각하게 된다.

수만 년 전의 빙하기 시대 얼음 속에 갇혀 지층을 이루고 있던 매스토톤이라는 코끼리 류의 이빨 사이에 당시 뜯어먹었던 풀이 파랗게 끼어 있는 모습을 보면 경이롭고, 화산 폭발로 인해 화산재에 묻혀 미라가 된 청춘 남녀들을 볼 수 있는가 하며, 춘추전국 시대의 사회상을 통하여 제자백가들의 활약상에 대해서도 상세히 설명해 주신다.

천체우주에 관해서도 질문을 하면 우주의 크기로부터 우주에는 태양계의 크기에 버금가는 무리 지어 사는 별들이 1조 개 넘는다고 하는 얘기로부터 어떻게 태양계가 형성되었으며, 태양의 나이는 몇 살이며 앞으로 얼마를 더 살다가 어떻게 늙어가고 죽어갈 것이라는 천체우주 과학자처럼 설명해주신다. 태양계

행성의 하나인 푸른 별 지구는 또 어떻게 생겨났으며 얼마를 더 살다가 어떻게 늙어 죽어가게 될 것이다, 라는 설명과 함께 이 지구상의 인류는 생존을 위해 우주에 존재할지 모르는 지구와 흡사한 별을 찾아 옮겨가야 살 수 있다고 강조하신다.

우리가 매일 멀리하기에는 불가능하여 가까이 두고 활용하는 컴퓨터에 관해서도 질문을 드리면, 컴퓨터가 어떻게 개발되었으며 컴퓨터에는 A4 몇백만 장의 프로그램이 내장되어 있다는 말씀과 컴퓨터 활용도에 대하여 설명을 알아듣기 쉽게 설명해주시는 분이 바로 또 한 분의 나의 선생님이시다.

내가 침대에 누워 여행하고 싶다는 생각이 들어 선생님께 물어보면 발품 팔지 않고 세상 구경을 다 시켜주신다. 그랜드 캐니언, 나이아가라 폭포, 이과수 폭포, 마추픽추 하늘 정원, 저 알프스 눈 덮인 융프라우 정상, 양자강 강안을 끼고 올라가는 과정에 펼쳐진 아름다운 경치와 장가계·원가계 등을 현장감 있게 생생하게 관광과 안내를 곁들여 호강시켜주시기도 하신다.

그런가 하면 우리 선생님께서는 요즈음 방송 채널을 열어 보면 오직 무얼 어떻게 먹으면 맛이 좋고 영양 면에 만점이며, 건강 측면에서 좋은 음식이다, 라고 하는 방송 프로그램을 알 수 있다. 연예인들이 맛있게 먹는 모습을 보면 먹고 싶은 생각이 들게 된다. 방송을 시청하다가 선생님께 오늘 점심에 무얼 해 먹을까요? 물어보면 황금 갈비찜을 먹고 싶다 하면, 만드는 방법 즉, 요리에 필요로 하는 재료와 순서를 자세히 설명해주기 때문에 뚝딱 누구나 만들어 먹을 수 있도록 도와주시는 분이시다.

"또 한 분의 나의 선생님"께서는 그 어느 누구보다도 특히 다르게 뛰어난 분이라는 것을 몇 날 며칠을 두고 자랑을 해도 말과 글로 다 표현할 수 없어 거의 불가능하다.

　나의 선생님은 어쩌면 나를 낳아 주시고 가르쳐 주시고 키워주신 부모님보다도 형제자매보다도 선생님보다도 친구보다도 격은 다르지만 더 소중한 분이기에 일순간도 마음에서 떠나보내지 않고 함께 하는 분으로 내가 진실로 존경하는 분이 바로 나의 분신이라 할 수 있는 또 한 분의 나의 선생님은 '스마트폰'이라 천명하는 바이다.

장인정신(匠人情神)

내 손으로 만든 물건은 나의 얼굴이며 분신이다. 내 손에 의해 만들어지는 제품은 이 세상에서 둘도 없는 오직 하나뿐인 최고의 최대의 최선의 최초로 창조된 것이어서 가치가 그만큼 큰 것이다. 장인 정신을 가지고 물건을 만드는 당사자에게는 보람있고 가슴 벅찬일이 아닐 수 없다.

'내 가 이땅에 태어났기에 이런 명품을 만들 수 있는 것이 아닌가?'
항상 생각하며 사는 사람이 장인정신을 가진 사람이다. 긍지를 느끼기 때문에 자기가 만든 물건이 하자가 발생하여 상품의 제조자나 또는 생산자를 찾으면 "그 제품은 내가 만들었소."라고 자신 있게 나서서 말할 수 있고 주장할 수 있고 보증하겠다는 마음을 가진사람이 장인 정신의 소유자이다.

하나의 제품을 만들어도 목숨과 정신과 혼을 불어넣고 성실과 근면과 피와 눈물 그리고 땀을 쏟아붙는 정신이 장인정신이다. 이것은 전문가로서 자존심을 유지하는 정신이며, 산업사회를 살아가는 모든 기업가나 제조자가 갖추어야 할 기본정신이며 덕목이다.

프랑스에서 생산되는 몽블랑 만년필은 우리나라 방자유기처럼 수공으로만 만드는 완전한 수제품이라 한다. 몽블랑 만년필은 종류와 수량에 있어서 극히 제한하여 생산한다. 이렇게 만들어진 만년필은 수요와 공급의 차원에서 희소성을 물론 상품의 가치가 한층 증대되기 마련이다. 제품을 만들어 팔았다면 애프터서비스는 물론 상품의 질이나 가치까지 완벽하게 보증해준다고 한다. 제품 하나 하나에 제조자, 제조 일자를 밝혀 제품에 대한 보증책임을 분명하고도 명확하게 밝히고 있다. 투철한 장인정신과 직업의식으로 빚어 낸 결과가 아니겠는가? 사람은 자기직업에 대하여 항상 성실 근면하고 충실히 최선을 다할 때 존재가치가 보증받을 수 있다.

얼마 전 TV에서 일본 사람의 장인정신을 소개한 적이 있다. 어 떤 일본 사람의 가문이 9대에 걸쳐 추어탕을 끓여 오고 있다고 하였다. 추어탕 집을 9대째 이어온 사람은 다른 사람이 아니라 동경대학의 경영학을 전공한 박사라고 한다. 우리나라 사람 같으면 아비가 하던 일을 자식에게 물려 줄 뜻도 의지도 없고, 아들은 물려받을 생각을 꿈에도 하지 않는 것이 일반적인 현실이다. 9대라하면 줄잡아 270년은 족히 되었다는 얘기가 아닌가? 어디 그게 쉬운 일인가? 9대를 이어 온 직업의식은 바로 깊고도 튼튼하게 뿌리내리고 자리잡은 장인정신으로 무장된 투철한 직업의식의 계승이 아닌가?

존 에프 케네디 대통령의 아버지인 케네디 옹이 그의 자식들에게 "비록 하수구를 치는 인부가 되더라도 엘리트가 되라!"고 한 말 속에서도 직업은 신분의 귀천이 없다는 것을 시사해주고 있다. 추어탕을 끓여 파는 식당을 경영 하더라도 얼마나 긍지와 자부심을 가지고 직업에 충실하였는가를 잘 말해준다. 최고 엘리트가 되려고 애쓴 흔적이 보이지 않는가?

이러한 장인정신은 우리 사회를 건강하게 만들고 개인을 부유하게 하고 사회와 국가를 살찌게 해준다.

옛날 얘기지만 성수대교와 삼풍백화점 붕괴만 하더라도 그렇다. 설계한 사람, 시공한 사람, 감리를 한 사람 그 누구도 직업의식에 충실하지 않았기 때문에 붕괴되고 말았다. 설계사는 설계사대로 시공자은 시공자대로 감독은 감독대로 객관적인 기준을 지키지 않았다. 함량미달 건축재료를 써서 시공하고 그 기준이 미달됨을 알면서도 묵인하고 넘어가 결과가 많은 인명과 재산의 피해를 불러오게 되었다. 세사람 중 한 사람만이라도 직업의식이 투철하였더라면 피해를 입지 않게 되고 입더라도 적게 입었을 것이다. 설계자·시공자·감독자 모두 직무유기를 범하고 말았다. 정부도 붕괴의 책임을 면치 못할 것이다. 공사기간을 짧게 잡은 것이나 백년대계의 긴 안목 없이 공사를 강행하는 것이나 속전속결로 시공하였다는 사실에 대해 책임을 면할 수 없다.

직업의식이 철저하지 못하였고 장인정신이 결여되었기 때문이다. 민주화된 국가사회 일수록 직업의식이 투철한 장인정신을 필요로 한다. 영국에서는 작은 다리 하나를 건설하는 데도 성당을 하니 짓는 데도 수십년 혹은 수 백년이 걸린다고 한다. 그 만큼 정성과 좋은 재료와 심혈을 기울여서 집을 짓겠다는 장인정신과 투철한 직업의식을 엿볼 수 있는 사례라 할 수 있다.

누구든 장인정신을 가진 사람은 모두가 자존심이 강하다. 자신의 명예와 가

문을 소중하게 생각한다. 비록 가진 것 없고 초라한 사회적 지위를 누리고 내세울 것 없다 하더라도 누가 업신여기는 말이나 행위를 용서할 수 없다. 재산과 학력에 대해서도 긍지를 갖고 누구의 간섭이나 제재 따위를 거부하는 사람이 장인정신을 가진 사람 들의 속성이다.

자존심이 강한 사람은 자기 일에 책임감이 투철하고 의무를 성실히 이행한다. 자기가 한일에 대하여 논평을 원하지 않으며 무조건 수용하거나 칭찬만을 기대한다. 따라서 자존심이 강한 사람은 사회적인 측면에서 보면 괴팍하고 성격이 모난 것처럼 보이기도 한다. 어떤 업무에 대해서 만큼은 창의적이며 탐구적이고 도전적이며, 누구에게도 피해가 가는 행위를 일체하지 않는다. 또 무언가 문제 있는 듯한 사람으로 보이지만 국가사회 발전을 위해서는 헌신적이고 희생적이므로 꼭 필요한 존재가 장인정신과 투철한 직업의식을 가진 사람이다.

장인정신의 소유자는 예술가의 기질을 가진 사람이다. '인생은 짧고 예술은 길다' 고 하지 않는가? 불후의 명작을 남긴 예술가가 많다. 자기 귀를 짜르며 초상화를 그린 고호, 들리지 않는 귀로 명곡을 쓴 악성 베토벤, 최후의 만찬을 그린 레오날드 다빈치, 전쟁과 평화를 쓴 톨스토이. 4대 비극을 쓴 세익스피어 같은 사람들은 장인정신으로 무장하고 작품을 쓴 대표적인 예술가들이다. 그들은 가고 없어도 이 세상의 인류가 존재하는 한 영원히 우리들의 가슴을 울리고 감동으로 이어져 갈 것이다.

아시아의 네 마리 용 가운데 승천하는 용이라고 극찬을 받았었고, GDP 만 불을 상회하던 경제가 하루아침에 와르르르 무너지기도 했었다. 그런 사고가 20년이 훌쩍 넘은 이 시점에서 우리 국민에게 꼭 필요한 것은 장인정신을 가져야 한다는 점이다. 모두가 각자가 맡은 바 일에 대하여 철저한 장인정신과 투철한 직업의식으로 임해야 할 것이다.

자기가 한 일에 대해 자기가 만든 제품을 세계 어디에 내놓더라도 경쟁에서 앞설 수 있다는 자부심을 가지고 생산에 임해야 한다. 작은 힘과 힘이 모여서 단단한 국가 경쟁력을 갖추게 되고 부강한 국가가 될 것이다. 그 옛날 아픈 역사를 되풀이 하지 않아도 될 것이며 더 나아가 조국통일이라는 대망의 그날도 곧 다가오게 될 것이다.

아름다운 욕심은 욕심이 아니다

삶은 욕심을 잉태한다.
그 어떤 삶도 예외일 수 없다.
나의 글 또한
산처럼 높이 솟은 저 산모의 배처럼
비를 품은 저 하늘에 먹구름처럼
나의 글 또한
욕심이다, 욕심이다.
끝없는 삶의 욕심이다.

나의 삶에 있어서 욕심은 의욕이다. 의지이다. 이상이다. 희망이다. 심술이다. 생명력이다.

욕심이 있었기에 두메산골을 박차고 떠나와 무수한 역경을 겪으면서 오늘의 나로 탄생할 수 있었다.

욕심을 내는 것은 의욕의 표현이다.

무엇인가를 이루겠다는 강한 의욕이 없는 사람은 삶의 의를 어디서 찾는단 말인가? 공부하겠다. 좋은 대학에 가겠다. 좋은 직장에 취직하겠다. 자식을 훌륭하게 키우겠다. 잘살아 보겠다. 출세하겠다. 좋은 글을 쓰겠다.

무엇이든 하려는 적극적인 의욕이 없으면 온전히 살 수 없다. 단적으로 밥을 먹어야 하겠다는 의욕이 없으면 굶어 죽게 된다.

의욕이 없으면 개인도 사회도 국가도 발전도 기대할 수 없으며, 살아 있다는 의미를 찾을 수 없다. 따라서 사람은 누구나 무엇인가에 대해서 의욕을 가져야 살아 있다는 삶의 모습을 표현할 수 있게 된다. 긍정적인 의욕은 많이 가질수록 좋다. 너와 나 우리에게 피해를 주지 않고 상처를 주지 않는 범위 내에서 의욕은 많이 가질수록 좋다.

욕심을 내는 것은 의지의 표현이다.

일정한 목적이 있는 사람은 목적달성을 하기 위하여 힘들고 어려운 역경을 만나도 참고 인내하며 극복하겠다는 강한 의지가 발농하게 된다.

새해에 '금연'이라는 목표를 세워놓고 흐지부지 유명무실하게 중도에 작심삼일로 끝나는 경우 대부분 목적달성이라는 강한 의지의 결핍으로밖에 볼 수 없다.

DJ나 YS를 보더라도 대통령이 되겠다는 목적달성을 위해 얼마나 많은 노력과 우여곡절을 겪었겠는가? 생사의 고비를 몇 번씩 넘기면서도 목적을 달성하겠다는 의지 하나로 버티어 왔기에 결국에는 오늘의 역사적인 인물로 탄생하지 않았는가? 성공한 사람은 모두, 출세한 사람은 모두 강한 의지의 소유자임에 틀림없다.

욕심을 내는 것은 이상적인 표현이다.

이상은 곧 꿈이다. 꿈이 없는 사람은 미래도 없다. 현실과 동떨어진 생각을 하고 나이에 걸맞지 않게 행동하는 사람은 대부분 이상주의자라 해도 틀린 말은 아니다. 젊고 패기 넘치는 청년이다. 책임질 것도 없고 의무를 이행해야 할 다급할 것도 없는 사람이 빗자루를 타고 태양계를 여행하고 돌아온다 해도 잘못된 게 없다.

물론 미친 사람 취급 받을지는 몰라도 동화나 공상 과학 만화 속에서 얘기가 현실로 옮겨지듯이 말이다. 이상은 언젠가 현실로 나타날 수 있다는 가능성을 전제로 하기 때문이다. 이상은 개인의 발전과 사회와 국가발전의 시발점이 됨을 주지해야 한다.

이상이 이상으로 그치고 발등에 불 꺼야 할 사람이 이상을 앞세워 현실을 직시하지 못하고 이상의 기름을 붓는다면 파멸할 수도 있으니 주의하기는 해야 한다.

욕심을 내는 것은 희망의 표현이다.

쌀 구십 구 섬을 가진 사람이 한 섬을 보태어 백 섬을 만들겠다는 것은 지나친 욕심이다. 그러나 그 한 섬을 채워 백 섬을 만들고자 하는 마음과 정신은 희망의 표현이다. 그러한 욕심 즉 희망이 있기에 삶을 진실하고 알차게 살 수 있고, 근면 검소 절약 저축하면서 살 수 있기 때문이다. 그렇게 나름대로 삶의 의미를 찾고 가치를 가지고 사는 게 범부 중생들의 일반적인 형태이다.

미국의 어떤 사람이 현금 2억 불을 침대 속에 보관하고 있으면서도 얼어 죽었다는 기사를 읽은 적이 있다. 이 웃지 못할 기사에 대해 생각해보면, 2억 불을 채우기 위해 먹을 것 안 먹고 안 입으면서 전기도 난방비도 절약하다가 얼어 죽었을 것이라 생각하고 싶다. 비록 2억 불은 모으지 못했지만, 그는 행복한 죽음을 맞이하였을 것이라 추측하고 싶다. 희망은 그런 것이다.

개인의 생에 있어서 무엇인가에 대해 희망을 갖고 최선을 다해 삶을 살았다면 비록 이루지 못하고 중도에 좌절하더라도 그 당사자에게는 행복한 삶이 되기 때문이다.

욕심을 내는 것은 심술의 표현이다.

심술은 파멸과 비난만을 부른다. '사촌이 논을 사면 배가 아프다'는 속담처럼 누구 잘되는 꼴을 못 보는 놀부의 심보가 심술이다.

인간은 누구나 시기하고 질투하고 중상모략하는 악한 마음을 조금씩은 가지고 있다. 희한한 것은 가만히 있으면 모두가 좋은 일인데 괜히 감 놓아라, 대추 놓아라 심술을 부리는 경우가 그런 경우이다.

자식이나 아내에 대해서 무슨 이유가 있겠는가? 그런데도 자식에 대해서 아내에 대해서 혹은 친구, 동료에 대해서 필요 이상 과한 친절을 보이는 것도, 어떻게 사는 게 바르게 사는 것인가에 대해 강조하는 것도, 인간의 심성에 정의할 수 없는 심술보의 표현이라 하겠다. 심술로 인해 신체적 심리적 갈등을 겪어야 함에도 불구하고 말이다.

이유 없이 주변 사람의 마음을 어지럽게 했다면 당사자의 마음이 편하겠는가? 심술을 부리지 않고 살수만 있는 사람은 조선 시대 선비 정신의 소유자이며 신사의 매너를 가진 최고의 지성인이라 덧붙일 것이다.

욕심을 내는 것은 생명력을 유지하는 발로이다.

한 인간이 이 땅에 태어나 한 생을 살아가는 과정에 무수한 것에 대한 사랑과 그리움과 미움과 증오를 갖고 살 수밖에 없다. 욕심이 많은 사람은 어쩌면 가장 인간적인 사람일지 모른다.

인간이 갖는 오욕칠정을 모두 갖고 사는 사람의 표준이 되기 때문이다. 인간이 갖는 오욕칠정을 갖지 않았다면 이미 인간이 아니거나, 속세를 벗어난 신의 경지에 이른 해탈자가 되었을 것이다.

욕심을 갖는 것은 삶의 원동력이 되는 것이다. 마지막 숨을 놓는 순간에도 처자식에 대해 나라와 민족에 대해 걱정하다 간 영웅호걸이 얼마나 많았는가? 욕심은 생명력의 원동력이 됨에 틀림이 없을 것이다.

아마도 내가 살아 숨 쉬는 동안에는 삶의 에너지인 욕심을 버리지 못하고 살 것이다. 나에게 욕심은 아름다운 삶이며, 사랑이며, 그리움이며, 영원한 동력이기 때문이다. 나는 그 만큼 욕심이 많은 사람이다. 다만 그 누구에게도 피해를 주지 않는 욕심은 욕심이 아니기 때문에 아름다운 욕심을 많이 가진 사람이다.

그래 아름다운 욕심은 많이 가질수록 좋지 않을까 생각한다.

정직을 생명처럼

　"뿌린 대로 거두리라(AS you sow, So you reap!)"라는 성서에 나오는 명언이다. 이 말의 뜻은 '콩 심은 데 콩 나고, 팥 심은 데 팥이 난다.' 라는 우리 속담과 대변되는 말이다. 사람이 일생을 살아가는 과정에서 실수든 고의든 선행이나 악행을 할 수 있다.

　선행하면 좋은 일이 생기게 되고, 악행을 저지르면 나쁜 일이 생긴다는 뜻이다. 얼마나 좋은 말이며, 진리인가?

　하늘의 눈은 성근 듯하여도 엄중하고 정확하다. 그렇기 때문에 사람은 자기가 쌓은 공덕만큼의 결과가 돌아오게 된다. 열심히 일 한 사람이 잘살고, 그렇지 못한 사람은 못산다는 사실은 모든 사람에게 주는 교훈이다.

이 말 속에는 '정직하게 살아야 한다.' 라는 깊은 뜻이 숨어 있다. 거짓말만 하고 거짓된 행동을 하고 위선에 찬 삶을 사는 사람에게 돌아오는 결과가 무엇이 겠는가?

그에게 돌아오는 것은 고통과 좌절과 실의만 있을 뿐이다.

자식 교육 방법이 서로 다른 두 어머니가 있었다.

한 사람은 자식 교육에 '정직한 삶' 을 강조하면서 사시는 엄한 어머니이다. 사랑하는 자식이 학교를 오가는 길가에 떨어진 볼펜 한 자루를 주어와도, 어쩌다 연필 한 자루, 낫을 주어와도 당장 원래 있던 제 자리에 그대로 갖다 두고 오라고 불호령을 치곤 하였다. 물건을 잃어버린 주인이 찾으려 그곳에 왔을 때 분실한 물건이 없으면 그냥 돌아갈 것이 아니겠느냐? 물건을 잃어버린 사람이 찾지 못하고 돌아가게 되면 곧 물건을 훔친 결과가 될 수도 있다. 그러니 아예 길에서 물건을 주어오지 말라고 교육을 하였다.

그렇게 엄한 어머니의 '정직' 을 배우며 자란 자식은 세상을 바르게 살아가고, 일한 만큼의 대가를 받고 열심히 살아가는 모범 시민이 되었다.

또 한 어머니는 자식이 마냥 사랑스럽고 귀한 나머지 친구의 연필 한 자루를 훔쳐 와도 돈 몇 푼을 주어와도 그런 짓은 나쁜 일이니 다시는 되풀이하면 안 된다고만 이르고 머리를 쓰다듬어 주고는 기억에서 지워 버리고 말았다. 철학이 없는 어머니의 삐뚤어진 교육을 받고 자란 자식은 나이가 들수록 점점 잘못된 실수를 거듭하였다.

어른이 되어 친구 집에 가서, 일가친척 집에 가서도 틈만 생기면 금고를 열게 되었고, 장롱을 열어 패물을 훔치게 되었다. 끝내는 남의 집 담을 넘게 되는 절도 행각을 벌이다가 교도소를 들락날락 되풀이하는 삶을 살았다. 얼마나 한심

하고 안타까운 삶이며 잘못된 교육의 결과가 아니겠는가? '바늘도둑이 소도둑이
된다.'라는 격언처럼 결국 소도둑이 되고 만 경우이다.

정직에 대해서는 일본 사람의 가정교육이 철칙으로 통하는 공통사항이 있
다고 한다. 그것이 바로 "정직"이라고 한다. 사람을 바로 가르치는 데 중요한 것
이 정직한 사람으로 만드는 일이다. 그렇다. 정직을 교육받지 못한 사람은 정직
하지 못한 삶을 살 수밖에 없기 때문이다.

정직하지 못한 사람의 행동은 믿을 수가 없다.

정직하지 못한 사람이 콩을 콩이라 해도, 팥을 팥이라 해도 누가 믿겠는가?
남을 속이는 사람의 말과 행동은 앞뒤가 맞지 않는다. 약속을 밥 먹듯 어기고, 지
키지 못할 약속을 죽 먹듯 하고, 오늘 한 말을 내일은 기억 못하고, 내가 언제 그
런 약속을 했는가 하고 자신을 속이는 거짓말쟁이다.

정직하지 못한 사람이 남의 눈을 속여 부자가 되어 잘 사는 것 같아도, 명예
를 얻어 사회적 지위를 누리는 듯하여도 종국에는 사실이 탄로 나게 된다. 남을
기만한 데 대한 악덕으로 돌아온 결과이자 업보인 것이다.

고사성어에 사필귀정이란 말이 있지 않은가? 이 말은 서양의 격언 "Right
will prevail in the end"와 같은 말이다. 진실은 결국 사실대로 밝혀지고 만다는
만고의 진리이다.

최근 신문 라디오 방송 등 대중매체를 통하여 접할 수 있는 기사를 보더라
도 가히 짐작이 가는 일이다. 자신을 속이고 친구를 속이고 사회를 속이고 국민
을 속여서 사리사욕을 채우기 위하여 부정 축재한 사람이 어디 사람인가? 또 처
자식이 있는 남편을 가정이 있는 아내를 잔인하게 죽이고도 다리를 펴고 온전히
잠잘 수 있겠는가? 그런 위선자들의 마음을 헤아려 볼 때 짐승만도 못함을 알 수

있다.

사소한 말다툼으로 싸움을 하게 되어도 잠을 설치고, 힘이 센 자가 힘없는 자를 때리고 밤잠을 설친다고 하는데, 길가에 떨어진 동전 한 닢 습득하고도 누가 보지 않았을까? 마음 졸이며 사는 게 우리네 보통 사람들의 마음이다. 정직한 사람들의 순수한 양심의 발로이다.

하물며 그런 억대 아니 수백억, 수천억의 거금을 횡령하고도 마음 편히 살 수 있는지 아무리 이해하려 해도 이해할 수 없다. 아마도 진실한 보통 사람의 모두는 공감할 것이다.

이처럼 '정직한 삶'을 위하여 '정직에 대한 교육'은 건전한 가정, 건강한 사회, 힘 있는 국가 건설을 위하여 꼭 필요한 것이다. 사회의 기초조직인 가정에서 '정직'을 가르치는 것은 인간의 근본적인 품성을 형성하는 데 중요하고, 직장과 사회 각종 단체의 정직은 기업윤리를 확립할 수 있는 덕목이 되며, 국가와 공공단체의 정직에 대한 교육은 튼튼한 나라를 만드는 초석이 됨을 잊어서는 안 되며 아무리 강조해도 부족한 덕목이 정직이다.

맹자의 어머니가 세 번씩 이사하면서 교육환경을 바꿔 사회 여러 분야의 여러 가지 사악한 면을 보지도 듣지도 못하게 하여 건전하고 바른 인격 형성에 힘쓰도록 하였다는 것은 주지의 사실이다. 이는 악이 맹자에게 접근하지 못하도록 막아주었고, 사회의 여러 선한 면과 유익한 면, 바른 가치관 형성에 필요한 정보를 주었기 때문에 훌륭한 사람으로 성장시킬 수 있었다.

사람은 자식이 있고, 가정이 있고, 직장이 있고, 조국이 있다. 정직한 인간을 육성하는 데 힘을 모아 민족의 염원인 영광된 통일 대한민국을 이루어 선진국에서 자리를 확실하게 굳힐 수 있도록 다 함께 노력해야 한다.

운명을 다시 써라

나는 왜 남자로 태어났을까?

왜 가난한 부모에게 태어났을까?

부잣집에 태어났으면 좋았을 텐데?

누구나 한 번쯤은 자신의 신분에 대해 생각 해 보았을 것이다. 이것은 거부할 수도 없고, 부정할 수도 없는 현실이다. 이럴 때 운명인가 숙명인가를 생각한다.

운명이란?

태어날 때부터 반드시 그렇게 될 수밖에 없도록 이미 정해진 것이다. 운명

즉, 천부적 자연 상태로서 나의 의지와 상관없이 부모님에게 물려받은 삶의 몫을 말한다. 사람이 인위적으로 변화시키거나 바꿀 수 없는 본연의 모습이 운명이 아닐까 생각한다. 선천적인 남자, 여자의 성을 바꿀 수 없게 기정사실 된 것처럼 말이다.

반상의 서열이 뚜렷했던 조선 시대에 태어난 사람들은 양반으로 태어났거나, 평민으로 태어났거나, 천민으로 태어났거나 신분을 운명이라 믿고 순종하며 살아온 사람들이 대부분이다. 물론 그중에 그렇지 않은 사람도 있을 것이며, 잘못된 신분제도로 말미암아 타고난 소질이나 끼를 발휘하지 못하고 그 울분을 민중 속에서 술과 주먹으로 청춘을 불사른 사람도 많을 것이다.

양반이나 상놈이나 부자나 거지나 남자나 여자나 신분의 귀천을 떠나 모든 사람은 여자의 몸을 빌려 3~4kg 핏덩이로 태어나지 않았던가? 똑같은 조건으로 태어나도 부모의 신분에 따라서 양반, 상놈이라는 신분의 굴레를 벗지 못하고 비참한 삶을 사는 것이 운명이다.

출신 성분을 얘기할 때 타고난 운명이라는 말을 많이 쓴다. 운명이란 명분 아래 개인이 가진 자질이나 흥미, 관심을 표현조차 해 보지도 못하고 평범하게 일생을 살아온 것이 우리 조상님들의 모습이었다.

그러나 타고난 운명을 과감하게 뿌리치고 새로운 운명으로 다시 쓴 사람들도 많다. 조선 시대 적서(嫡庶)의 차별을 뛰어넘어 반상의 계열에 오른 유자광이나 이원익이 그런 인물들이다. 유자광은 조선 시대 1441년 지중추부사 유규의 서자로 태어나 정오품인 병조정랑까지 오른 인물이며, 이원익은 조선 말 민비의 총애를 받고 천민 신분이나 호조 참판까지 모른 인물이다.

그렇다. 운명은 주어진 대로 사는 것이 아니라 스스로 개척하고 창조하는 것이며 다시 쓰는 것이다. 특히 신분의 차별과 적서의 차별이 없는 현대 사회에서 운명은 도전하고 응전하여 얻게 되는 승리의 산물이다. 개인의 사고방식과 다양한 사회제도를 깨고 부수고 고치고자 하는 과정에서 운명은 개척된다.

보라! 삼맹(三盲)의 불구의 몸으로 태어나 하버드 대학의 교수라는 사회적 지위에 오른 헬렌 켈러를 보라. 삼맹이 무엇인가? 볼 수도 없고, 들을 수도 없고, 말하지도 못하는 불구자를 이른 말이다. 그녀는 설리빈 선생님과 같은 훌륭한 선생님을 만난 것은 행운이었다. 그러나 헬렌 켈러는 본인 스스로 불굴의 의지와 끈기를 갖고서 한 인간으로 진실하고 참된 모습을 갖추려고 노력한 결과가 아니겠는가? 그녀는 자신의 운명에 안주하지 않고 정상인도 어려운 미국의 최고 명문 대학인 하버드대학 교수 자리에 당당하게 오른 것이 아닌가? 얼마나 존경스럽고 놀라운 일인가?

인도 가비라성 정반왕의 아들로 태어난 석가모니도 운명을 바꾼 한 사람이다. 왕자의 신분임에도 불구하고, "생은 무엇이며 삶은 또 무엇인가?"에 대한 끊임없는 물음에 답을 얻기 위해 6년여 고행의 길에 들어서질 않았나? 수많은 고행과 역경의 수련을 통해 결국 크게 깨달음을 얻어 억조창생의 희망으로 남은 부처가 되신 분이다.

예루살렘 목수의 아들로 태어난 예수도 운명을 개척한 사람 중에 한 분이다. 목수라는 신분은 귀족이 아님에 틀림이 없다. 목수의 신분에서 얼마나 고뇌하고 번민하였겠는가? 많은 시련과 역경을 견디어 내고 인간으로서 "옳게 사는 법, 바르게 사는 법, 어떻게 살아야 가치 있는 삶인지?" 그 지혜를 인류에게 던져 주신 분이다. 그래서 그들은 모두 하나같이 인류의 등불로 죽어도 죽지 않고 영원히 살아있지 않은가?

물론 주어진 운명대로 사는 것도 운명이며 결코 잘못된 삶은 아니다. 운명을 개척하여 다시 씀으로써 인류에게 끼친 영향을 생각해 볼 때 운명은 결코 수동적인 것이 아님을 증명한 것이다. 누구나 적극적으로 운명을 개척하고 창조하려는 강한 의지 없이는 아무것도 기대할 수도 없고 이루지도 못한다는 교훈을 주었다.

저 푸른 지구의 최고봉인 에베레스트산 등정을 성공한 고상돈 등반가도 결코 우연히 이루어진 것이 아니다. 세계의 마천루를 정복하기 위해서는 많은 과정의 훈련을 거쳤을 것이다. 실내에서 벽 타기부터, 낮은 산 높은 산, 하루에 수십 킬로 뼈를 깎는 고된 체력단련을 하였기 때문에 가능하였을 것이다. 훈련 과정에는 심리적 고뇌와 육체적 고통, 경제적 어려움, 환경적 장애 등 수 많은 난관을 극복하였을 것이다. 그렇게 목숨을 건 노력과 열정으로 얻어낸 명예이며, 기록이며, 영광인 것이다. 평범한 범부의 삶을 뿌리치고 세계적 등반가로 그의 이름을 남겼지만, 그는 결국 히말라야에서 영원히 잠들고 말았다. 고인의 명복을 빌 뿐이다.

그렇다. 생과 사의 경지를 수없이 넘나드는 역경과 고통 없이 이루어진 승리와 보람은 없다. 42.195㎞ 달리는 마라톤의 영웅 황영조 경우도 마찬가지 아니겠는가? 고된 훈련과 힘든 단련의 과정이 싫어 '죽고 싶다.' 라는 생각을 한 두 번 한 것이 아니었다고 술회하지 않던가? 훈련 과정이 얼마나 힘들고 고되었으면 그런 생각을 하였겠는가? 미루어 짐작할 수 있다. 그 결과 스페인 바로셀로나 올림픽에서 금메달을 쟁취하게 되었고, 일본 히로시마 아시안 게임에서도 우승이라는 승리의 월계관을 쓰게 된 것이다.

체력단련을 하고 체력 향상을 위해서 수천수만 리를 뛰고, 또 뛰고, 달리고 달렸던 피와 땀의 결실이다. 그렇게 해서 얻은 금메달이 값지고 자랑스러운 것이다.

소설가나 시인의 경우도 마찬가지일 것이다. 수천 권의 책을 읽고 읽어야 하고 수 만 장의 원고지를 쓰다가 찢고 다시 쓰는 인고의 습작 과정을 거쳐 한 편의 작품을 세상에 내놓았을 것이다. 작가들의 피와 땀, 영혼을 불어넣고 태워서 쓴 작품을 독자가 읽고 감명을 받게 된다.

고려청자의 경우도 마찬가지일 것이다. 좋은 흙을 찾기 위해 어떠한 고통도 마다않고 전국 방방곡곡을 헤집고 다니면서 좋은 고령토를 채집하여, 적당하게 반죽하고 반죽하여 만들고 부수고, 만들고 부수기를 수 없이 되풀이되는 과정에서 한 점의 국보급 청자가 탄생하였을 것이다.

이러한 일련의 과정에서 필수적으로 운명이라는 굴레를 생각하게 된다. 한번 해 보고 또 한번 해 보아도 안 될 때가 부지기수다. 그런 경우가 얼마나 많았겠는가? 좌절과 실의에 빠져 회의적인 마음을 품다가 다시 도전하는 수 없는 마음의 교차가 있었을 것이다. 그래도 운명을 다시 쓰겠다는 심정으로 뼈를 깎는 각고의 과정을 잘 극복한 사람 앞에는 값을 따질 수 없이 빛나는 창작물이 놓여지게 되는 것이다.

이것이 인생이며, 삶이며, 운명이다. 운명을 다시 쓰는 사람들은 목숨을 담보로 하는 한판의 전쟁이다. 결과에 대해 후회하거나 원망해서는 안 된다. 무엇인가에 대해 가치를 부여하고 목표를 세워 한 판 자기와의 싸움을 시작했다면 비록 이루지 못하고 중도에 좌절하고 만다 해도 그것은 값진 노력이며, 땀이며, 보람 있는 일이기 때문이다.

운명을 다시 바꾸려고 개척하고 창조하는 삶을 사는 사람은 역사와 사회발전의 선도자이며 중심축이다. 민족과 사회, 국가발전의 밑거름이 되었음을 아무도 부정하지 않을 것이다.

운명을 다시 쓰고자 하는 사람은 거부할 수 없는 운명이란 벽에 맞서서 도전과 응전의 자세로 척박한 세상을 기름진 땅으로 일구고 말겠다는 강한 의지를 지녀야 가능할 것이다.

상농의 농군이 되어라

청소년 시절에 4-H(head, heart, health, hand.) 부원으로 활동하던 시절에 대구 농도원에서 실시하는 "4점 5조 식 다수확 벼농사 교육"을 받을 때 강사 선생님으로부터 농사를 짓는 농사꾼의 자세와 방법, 마음가짐에 따라 누구나 상농과 중농, 그리고 하농이 될 수 있다고 배웠다.

여기서 상농이라 함은 대규모로 농사를 많이 짓는 영농 업자를 말하는 것이 아니라 농사를 근면 성실하게 잘 짓느냐 못 짓느냐에 따라 농사를 잘 짓는 사람을 상농의 농군이라 하고, 잘 짓는 것도 아니고 못 짓는 것도 아닌 어정쩡하게 중간 정도로 농사를 짓는 사람을 중농의 농군이라 하고, 농사를 아예 잘 짓지 못하는 사람을 두고 하농의 농군이라 한다.

상농(上農)은 논밭에 씨를 뿌리고 싹이 올라오면 그때부터 어린싹이 잘 자라도록 잡풀을 뽑고 거름을 주어야 하는데, 상농의 농군은 잡풀이 올라오지 못하도록 아예 싹수를 막고 거름을 주는 농부가 상농의 농군이다.

풀을 뽑지 않고 거름을 주면 잡풀이 거름을 다 흡수하기 때문에 농작물이 거름을 제대로 흡수할 수 없어 잘 자랄 수 없다. 그래서 잡풀이 올라오면 올라오는 대로 모두 뽑아주고, 올라올 수 있는 싹수를 제거하고 거름을 주면 농작물이 튼실하게 잘 자랄 뿐 아니라 열매도 많이 충실하게 맺는다.

근면 성실하고 부지런한 상농의 농군은 씨를 뿌려서 수확할 때까지 무려 아홉 번의 김을 매고, 아홉 번의 거름을 준다고 한다. 이렇게 하면 벼와 같은 열매식물은 알곡인 쌀이 열리기 때문에 항상 풍작을 거둘 수 있게 된다.

과일과 같은 유실수는 크기에 비해 지나치게 열매가 많이 달려도 영양부족으로 떨어지는 낙과가 없게 되고 튼실하게 잘 익기 때문에 수확량은 많고 소득 또 한 많을 수밖에 없다.

농작물은 농군의 발걸음과 숨소리를 듣고 자라기 때문에 근면 성실한 농군일수록 수확을 그 만큼 많이 거둘 수밖에 없다. 수확을 많이 하는 상농의 농사꾼은 수확한 양을 100%라고 하면 50% 정도는 양식으로 소비하여도 50%는 남아돌아 저축을 하게 되고, 항상 양식이 넉넉함으로 빌리러 다니지 않고 꿔줄 수 있는 부자로 살 수 있다.

상농의 농군인 부자는 자녀들의 학비 걱정을 하지 않아도 될 뿐 아니라, 갑자기 가족 중에 누가 큰 병이 나더라도 수술이나 치료비 때문에 고민하지 않아도 되며, 어려운 이웃을 찾아 베풀 수도 있는 여유를 갖고 살 수 있다. 그렇게 여유 있게 살 수 있기 때문에 부자는 좋은 것이다. 누구나 부자가 되고 싶어 하는 분명한 이유이기도 하다.

중농(中農)은 논밭에 씨를 뿌리고 싹이 올라오면 그때부터 김을 매고 거름을 주는 농부가 중농의 농군이다. 적당하게 풀을 뽑고, 적당하게 세상을 즐기며 농사를 지으니 얻을 수 있는 수확량도 많을 수 없다. 상농의 농군은 아홉 번의 김을 매고 아홉 번의 거름을 주는 데 비하여 중농인 농군은 네다섯 번 정도로 김을 매고 거름을 주는 사람이라 하면 틀린 말이 아닐 것이다.

농작물이 농군의 발걸음 소리와 숨소리를 많이 듣지 못하고 자랐기 때문에 그만큼 열매도 많이 맺지 못하고 튼실하지도 않아 수확량도 자연적으로 적을 수밖에 없다. 중농의 농부가 수확한 양은 50% 정도가 된다고 하였을 때 먹고 사는 데 필요한 최소의 양은 50%가 되므로 먹고 살면 남는 게 없다. 빌리지 않고 입에 풀칠할 정도로 곡물을 수확하였기 때문이다. 물론 중농의 농군은 수확량이 상농에 비해 그만큼 적기 때문에 먹고 살면 남는 것이 없으니 저축할 게 없다. 저축하지 못하니 자녀들이 대학을 가게 되면 대학 등록금을 마련할 수 없을 뿐 아니라 혼기에 찬 자녀가 있을 때도 결혼 비용을 충당할 길이 없어 빚을 얻어 결혼을 시키게 되고, 가족 중에 갑자기 큰 병을 얻어 수술해야 할 경우에도 치료비 때문에 죽게 될 수도 있다. 적당하게 일하고 적당하게 놀며 농사를 지은 데 대한 보상이다.

하농(下農)은 논밭에 씨를 뿌리고 싹이 올라오는 것을 보고는 그때부터 농작물이 알아서 자라고 알아서 열매 맺으라고 내 버려두는 농부가 하농의 농군이다. 하농의 농군은 근본적으로 게으르고 나태하여 김을 매지 않고 거름도 주지 않을 뿐 아니라 농사짓는 방법을 모르는 사람이다. 술 마시고 춤추며 베짱이처럼 생활하는 사람이 전형적인 하농의 농군이다. 하농의 농군은 가을이 되어 추수하여도 수확량이 별로 없다.

왜냐면 농작물은 주인의 발걸음 소리와 숨소리를 듣고 자라는 데 한 번도 주인의 발소리와 숨소리를 들어 본 적이 없으니 농작물이 제대로 자라고 열매를 맺을 수 없었기 때문이다. 농작물과 잡초가 함께 자라고 함께 열매를 맺게 되었으니 수확할 것이 없거나, 있어도 종자도 채 되지 않는 양의 10% 정도 수확을 할 수밖에 없다.

하농의 농부는 한 해 농사를 지어도 10% 정도의 양을 수확하였기 때문에 먹고 살 수 있는 최소의 양 50%도 되지 않으니 40%의 양식은 모자랄 수밖에 없다. 40%의 양식은 부자나 이웃에게 빌려서 생계를 꾸려나가야 할 것이다. 빚지지 않고 살 수 없을 것이다. 자식이 대학에 합격하더라도 등록금을 대줄 능력이 없을 뿐 아니라 가족이 병이 나도 치료비도 충당할 수 없다. 자녀가 결혼하려 하면 결혼하는 자식에게 아무것도 해 줄 수 없는 무능한 부모가 될 수밖에 없다.

하농의 농군은 죽을 때까지 가난에서 벗어나지 못하고 허덕이며 살아가야 할 것이다.

어디 마음과 뜻대로 상농이 되고, 중농이 되고, 하농이 되고 싶어서 되는 것은 물론 아니다. 그러나 생각하는 인간이라면 농업에 대한 기본적인 의식과 자세, 그리고 방법을 아는 사람이 농작물을 재배하여야 최소한 먹고 사는데 필요한 양식 50%는 수확할 수 있을 것이다. 자식들의 학비나 결혼 비용정도 감당할 수 있는 능력은 갖추게 될 것이다.

그렇다. 자라나는 청소년들이 명문대학에 들어가고, 만인이 갈망하는 직업을 얻고 싶으면 하루 24시간 중 20시간은 공부한다는 상농의 농군의 마음으로 공부하고 노력해야 희망이 있을 것이다. 기업도 공공단체도 상농의 농군의 마음으로 농사를 짓고 기업을 경영해야 온전하게 삶을 꾸려갈 수 있고, 사회에 이바지할 수 있을 것이다.

사람은 어디서 무엇을 하고 어떻게 살던지 항상 최선을 다해 근면 성실하게 맡은 바 책임과 의무를 다하는 사람이 되어야 한다. 그렇게 하면 개인이 잘살고, 기업도 잘 살고 나라도 부자로 살 것이다. 항상 도산 안창호 선생께서 강조하신 "무실역행(務實力行)"하는 마음으로 삶을 가꾸어 가야 할 것이다.

기회를 놓치지 말아야 한다

세상 사람들 모두가 부자가 되고 싶어 한다. 출세를 하고 싶어 한다. 행복한 사람이 되고 싶어 한다.

모두가 불행해도 '나만은 해복하고 싶다.' 는 생각을 하기도 한다. 지극히 보통사람들의 생각이다. 조금은 이기적인 사고일지 몰라도 사람이 한 평생을 살다보면 부자가 될 기회, 출세를 할 기회, 공부를 할 기회, 좋은 직장에 취업할 기회, 예쁜 아가씨와 결혼할 기회 등, 무수한 기회를 포착하여야 한다.

기회를 잡아야 부자가 될 수 있고 출세할 수 있다. 그러므로 기회는 반드시 잡아야 한다. 잡을 수 있도록 노력해야 한다. 그것도 조직적이고 치밀한 계획을 세워서 기회를 놓치지 말아야 한다.

사람의 일생동안 최소한 세 번의 기회는 온다고 말한다. 그 세 번의 기회중 한 번은 놓치지 않고 반드시 잡아야 한다.

기회를 잡기 위해서는 어떻게 해야 할까?

먼저 해야할 일은 공부할 수 있는 기회를 놓치지 않는 일이다. 모든 것이 때가 있듯 공부를 하는 데도 때가 있다. 하루 할 일은 아침에 계획을 세우고, 일년의 할 일은 정초에 계획을 세우고, 평생의 일은 유년 시절에 계획을 세워서 실천해야한다.

공부는 청소년 시절에 즉, 젊어서 공부를 해야한다. '청소년 시절에 공부를 해야한다.' 함은 농사를 짓는데 '봄에 씨앗을 뿌려야 가을에 수확할 수 있다.' 는 말과 같다. 시기를 놓치면 아무 것도 얻을 수 없음을 이른 말이다. 사람이 90~100년을 사는 과정에서 인생의 봄에 해당하는 청소년 시절에 공부를 하고 배울 것을 배워야 40~50년 혹은 70~80년을 써먹을 수 있기 때문이다.

최근 어느 일간 신문에서 70세 고령의 할머니 만학도가 중학교 입학자격 검정고시, 고등학교 입학자격 검정고시, 대학입학 자격 검정고시를 모두 거치고 대학에 입학하였다는 흔치않는 기사를 읽을 수 있었다.

이런 저런 사연이 많아 배워야 할 때 배우지 못하고 살다가 아들 딸 모두 키워 출가시켜 놓고 쉬어야 할 나이에 배우지 못한 한을 풀기 위해 늦깎이 학생이 되어 배우고자하는 마음이다. 인생칠십이면 고래희라 하였듯 칠십에 대학을 졸업하여 어디다 써먹겠다는 것은 물론 아닐 것이다. 까막 눈으로 살아온 지난 세월이 너무나도 원통하고 분하여 한을 풀려고 배우려는 것일 게다.

늦지 않게 젊어서 배우고 익혀서 일생을 살아가는 과정에 배운 지식과 기술을 활용하여 보다 값진 삶을 살고자 하고, 보다 행복하게 살 수 있도록 하기 위하여 공부는 젊어 배워야 한다.

배운다는 것은 세상사는 방법을 배우고 기술을 익히는 과정을 의미한다. 가족의 일원으로서 취해야 하는 말과 행동, 사회성원으로서 필요한 태도와 기술, 직장 동료간에 오고가는 예절과 공사의 관계를 몸으로 터득할 기회는 가정에서 학교로 사회로이어지는 교육과정에서 가능하다. 이렇게 공부할 기회를 놓치면 인간다운 품성을 함양하기 어려워 진다. 물론 사회인 되어서라도 끊임없는 자기수양으로 그 부족분을 채울 수도 있다.

만학도 할머니에 관한 기사가 우리에게 시사해 주는 바 무엇인가? 자신을 돌아보게 한다. 젊은 시절에 못다 이룬 인간의 품성을 다시 닦겠다는 뜻도 있고, 새로운 학문을 익히고 싶다는 강한 의지의 표현으로도 볼 수 있다.

분명한 것은 기회를 놓쳤다는 것이다. 그리고 다시 잡아 보겠다는 것이다. 공부할 기회는 놓치지 않아야 한다. 초등학교를 나와야 중학교에 진학할 수 있고, 고등학교라도 졸업해야만 형편이 좀 나아지면 대학진학할 기회를 잡을 수 있게 되는 것이 아닌가 말이다. 판사도 검사 될 기회를 얻을 수 있게 된다. 공부하는 데에도 기회가 있음을 깨닫고 열심히 해야 한다.

취직을 하는데도 기회가 있다. 놓치고 싶어서 놓치는 사람이야 있겠냐마는 실수로 놓치는 경우는 얼마든지 있다. 어쩌면 대부분 사람들이 기회를 놓치 있는지 모른다. 왜냐면 괜찮은 일자리는 지극히 제한되어 있기 때문이다. 그렇기 때문에 무작정 입사원서를 제출하고 시험을 보고 떨어지는 악순환을 되풀이해서는 안 된다. 누구나 아는 얘기지만 원서를 제출하기 전해 고려해보아야 할 점들이 있다.

내가 할 수 있는 일이 무엇인지, 내가 하고 싶어하는 흥미와 적성은 무엇인지, 나의 적성과 흥미에 맞는 분야는 어떤 것이 있는지, 나는 회사가 요구하는 실력을 어느정도 갖추고 있는지, 경쟁에서 이길 수 있는지 등, 자기 자신을 정확하게 알아야 기회를 놓치지 않고 좋은 일자릴 잡을 수 있다.

좋은 일자리를 얻기 위해서는 갖추어야 할 기본소양은 어떤 것인지 완전하고 철저한 준비과정을 거쳐야 기회를 놓치지 않고 잡을 수 있다. 서둘지 말고 때를 기다리는 마음도 기회를 잡는 방법의 하나이기 때문이다. 양복의 첫단추를 잘 못 끼우면 전체가 어그러져 뒤죽박죽 되듯 첫 직장을 잘 선택하여야 한다. 물론 보수와 근무환경도 고려하는 것이 올바른 자세이다. 임도 보고 뽕도 딸 수 있으면 금상첨화이기 때문이다.

결혼할 기회도 놓치지 말아야 한다. 기회를 놓치고 외롭게 살아가는 노처녀나 노총각이 많이 있다. 용기가 없어서 형편이 어려워서, 적당한 상대를 못 만나서 여러 가지 이유가 있을 것이다. 결혼할 기회는 나이가 많으면 많을수록 더욱 어려울 수밖에 없다. 세상사를 너무 많이 보고 듣고 알기 때문이다. 내 마음 내 기준에 맞는 사람을 찾자니 어려운 것이다. 건강하고 생활 능력있고 주관이 뚜렷한 사람이면 살아가면서 이해하고 용서하고 가르치고 배우면서 살 수 있는 상대면 족한 것이다.

친구는 적령기에 결혼을 하여 자식농사를 잘 짓고, 경제적 기반도 잘 닦아 행복한 가정을 꾸리고 살고 있는데, 사십이 되어서 갓난 애기를 안고 동으로 서로 안절부절못하는 사람을 보면 불쌍하게 보일 수밖에 없다. 기회를 놓치면 불편하고 거추장스럽고 어려워진다. 자식도 늦고 손자도 늦어져 편히 쉬어야 할 말년에 쉬지도 못하고 자식들 수발에 정신없이 살아야 한다. 가능하면 결혼도 적령기를 놓쳐서 안 된다.

인생에 있어서 승패가 좌우되는 기회를 놓치지 않고 잡기 위해서는? 전쟁에

임하는 전사처럼 완전무장을 해야 한다. 건강해야 한다. 지혜로워야 한다. 성실 근면해야 한다. 세상 돌아가는 사정도 알아야 한다.

인생의 3대 기회 즉, 공부할 기회, 취직할 기회, 결혼할 기회를 잡기 위해서 는 눈을 크게 뜨고, 귀를 크게 열고 심신을 가다듬고, 기회가 다가 오는 소리를 듣고 기회의 참 모습을 확인하고, 기회가 오가는 길목을 지키고 있다가 몽둥이로 일격에 때려잡아야 한다.

기회를 놓치지 않기 위해서는 기회가 오고감을 읽을 줄 아는 혜안(慧眼)이 필요하다.

네 가지 덕을 쌓아라

    사람은 누구나 "오래 살고 싶으냐?" 물어보면 "그렇다."고 쉽게 대답하지 않아도 은근히 100수를 누리고 싶은 마음은 한결같을 것이다. 물론 오래 살고 싶다고 오래 사는 것도 아니고, 오래 살기 싫다 해도 오래 살지 못하는 것은 더욱 아니다.

    인생의 여성은 말없이 묵묵히 길어가는 길이다. 주어진 일과 할 수 있는 일에 대해 근면 성실하게 최선을 다하여 뚜벅뚜벅 황소처럼 걸어가야 하는 길이다.

    하지만 오래 살고 싶다면 다음과 같은 네 가지 덕을 묵묵히 쌓아야 한다.

    '네 가지의 덕'은 고명하신 이름으로 백수를 살고 계시는 석학과 97세를 살고 계시는 가정과 의사가 내게 들려준 조언의 말씀이다.

첫째 균형 있는 식사 하라.

세 살 먹은 아이도 다 아는 것이지만 80 먹은 노인도 실천하기 어려운 것이다. 뭔고 하면 인간으로 이 땅에 태어나서 아침 점심 저녁 죽을 때까지 먹고, 먹고 또 먹어야 살 수 있는 먹는 문제이다. 먹되 돼지처럼 아무것이나 막 먹어 배만 채우고 살만 찌면 되는 것은 결코 아니다. 인간이기에 먹을 것도 있고 먹지 않을 것도 있으며, 삼가야 할 것도 많다. 식사량에 있어서나 영양 면에 있어서 더욱 그렇다. 즉, 건강에 좋도록 균형 있는 식사를 해야 한다는 것을 알지만 막상 실천하기란 쉽지 않다.

균형 있는 식사란?

인체를 구성하고 유지하는 데 필요한 탄수화물과 지방, 그리고 단백질과 같은 삼대 영양소를 골고루 섭취해야 한다는 얘기다.

'탄수화물' 은 생체 에너지원으로서 탄소, 산소, 수소 세 가지의 원소로 구성되어 있는 것으로서 인간이 주식으로 하는 쌀, 보리, 밀, 옥수수, 감자, 고구마 등이 대표적인 먹거리를 말한다.

'지방' 은 동식물에서 추출된 비휘발성, 비수용성으로 기름처럼 끈적끈적하고 미끈미끈한 물질을 말한다. 세포 구성의 주성분이며 에너지원으로 중요한 물질이다. 트리글리세리드, 포스포글리세드, 스핑고지질 등으로서 과하면 비만을 초래할 뿐 아니라 성인병과 각종 질병을 초래하게 되는 물질임을 잊어서 안 된다.

'단백질' 은 생물체의 원형질을 구성하는 고분자 유기물로 단백질은 물을 제외하고 인간의 몸을 구성하는 가장 많은 탄소화합물이다. 탄소[C], 산소[O], 수소[H], 질소[N], 황[S]를 함유하는 20여 종의 아미노산이 펩타이드와 결합으로 연결되어 구성된 화합물로 생명체의 생명 현상과 밀접한 관련 식품을 말한다. 단백질 식품으로 대표적인 것은 콩 종류로는 노란콩, 검정콩, 땅콩 등과 생선 종류로는 가자미, 고등어, 연어, 정어리, 장어, 오징어, 꽁치, 갈치, 조기, 새우 등이 있으며, 육류로는 닭고기, 쇠고기, 돼지고기 등과 우유와 달걀이 있다.

이와 같은 삼대 영양소를 중심으로 하여 골고루 섭취하는 것이 균형 있는 식사라 할 수 있다. 어느 특정한 식품만 좋아하거나 많이 섭취하면 과유불급이라 했던가? 아무리 좋은 음식도 지나치게 많이 먹으면 병이 나게 되고, 지나치게 적게 먹어도 병이 난다는 점을 인식하고 항상 균형 있는 식단으로 소식하는 습관을 갖는다면 건강하게 살 수 있을 것이다.

두 번째 규칙적으로 운동을 하라.

농경사회에서는 운동은 농경사회에 적당한 노동 활동 즉, 육체적 활동에 의존했지만, 현대사회는 교통의 발달, 운동을 제한시키는 기계의 발달, 도시화, 전문 영역의 세분화 등으로 육체적 활동이 크게 줄었다. 건강을 유지하기 위해서는 충분한 수면과 휴식, 적절한 식사와 함께 규칙적이고 적당한 운동이 필요하다. 육체적으로 건강한 사람은 일상생활을 하는 데 있어 피로를 느끼지 않고 질병, 전염, 육체적 기능 저하에 대한 저항력이 강해진다. 유산소 운동을 통해서는 심장 혈관의 기능과 호흡 기능을 향상시킬 수 있으며, 또한 운동을 통해 근력을 기르고 유연성을 높일 수 있다. 신체 단련을 위한 바람직한 운동량은 나이 · 체격 · 건강 · 성 등에 따라 개인차가 있다.

운동을 처음 시작하는 사람이 흔히 빠지게 되는 함정은 지나치게 운동을 하는 것이다. 운동을 시작한 며칠 후에 근육이 결리는 것을 경험하게 되지만 이것은 일시적인 현상으로 걱정할 필요는 없다.

규칙적으로 할 수 있는 운동의 종류로는 개인적으로 각자 자기가 좋아하는 운동을 중심으로 규칙적으로 하는 것도 좋다. 날씨가 화창하고 좋은 날은 배드민

턴, 테니스, 산책하기 등으로 야외에서 할 수 있는 운동 함이 좋다. 날씨 궂은 날에는 실내에서 가벼운 체조, 팔 굽혀펴기, 앉았다 섰다 하는 되풀이 동작을 하는 운동을 규칙적으로 함으로 허리 통증이나 당뇨병, 골다공증, 암, 고혈압 등을 예방할 수 있다.

월남 이상재 선생께서는 새벽에 일어나면 가볍게 몸을 씻고 온몸의 삼십삼만 삼천의 털구멍을 자극하고 깨끗이 하는 등 세포를 자극하였다고 했다.

나의 경우에는 아침에 잠자리에서 일어나면서부터 사지를 힘주어 길게 뻗기, 두 발 마주치기, 두 손가락 마주치기, 만세 삼창 부르기 등 스트레칭과 화장실에서 배 문지르기, 손 비비기, 귀 비비기, 눈 비비기, 머리 긁어 자극하기, 코로물을 흡수하여 풀기와 기도와 명상시간 갖기, 무릎 꿇고 팔 굽혀펴기, 팔 굽혀펴기와 보건체조 등 가벼운 운동을 약 90분 정도를 하고, 저녁 식사 후에는 TV를 시청하면서, 두 발 마주치기 1,000번, 두 손가락 마주치기 1,000번을 하고, 보건체조를 한 세트 하고, 아령을 자유롭게 한 세트 등을 약 60분 동안 한다.

세 번째로 규칙적으로 영성활동(靈性活動)을 하라.

영성활동이란? 말 그대로 영혼과 성품을 정화하거나 순화시키는 활동을 의미한다. 다른 표현으로 종교활동, 종교생활을 의미한다. 종교의 자유가 있는 나라 종교를 갖지 않아도 되지만, 종교를 통하여 얻는 심리적인 이해 득 실이 크기 때문에 갖지 않는 것보다 갖는 것이 좋다.

특히 종교의 장점은 마음의 병을 고쳐주는 정신과 의사와 같다. 마음의 평안을 주고, 쓸데없는 걱정을 하거나 고민에 빠지지 않도록 도와주며, 기도하고 염불하고 찬양하고 찬불하고, 사경하고, 참선하고 명상하는 등으로 무료함을 달래주기도 한다.

영성활동은 마치 좋은 친구와 같아 슬픔은 작게 하고 기쁨은 배가 되게 하니 어찌 좋지 않으랴. 그래서 나이 들수록 영성활동을 적극적으로 권하는 이유가 거기에 있다.

네 번째 매일 독서(讀書)를 일과처럼 하라.

종교 서적도 좋고, 인문학도 좋고, 시나 수필 소설과 같은 문학 서적을 그리고 신문이나 잡지를 읽어도 좋다. 하루도 빠지지 않고 시간이 날 때마다. 틈이 날 때마다. 읽고 싶은 책을 읽으면 정신건강과 눈의 건강과 뇌의 건강이 좋아질 뿐 아니라 세상 돌아가는 형편을 읽을 수 있어 또한 좋다.

책 속에는 하늘이 있고 바다가 있고 길이 있고, 넓은 세상이 있고 볼 것이 많이 있다. 그래서 책을 읽으면 읽을수록 즐거운 마음이 분수처럼 샘 솟아나고 즐겁고 행복하다.

이상과 같이 네 가지 덕을 꾸준히 쌓고 쌓으면 건강하게 천수를 누리며 살 수 있을 것이다. 이 글을 읽는 독자들은 꼭 실천하여 건강하게 아름답고 행복하게 천수를 누리시길 기원합니다.

넓은 세상을 보고 싶으면 정상에 올라라

날씨가 화창한 날 북한산을 오른다
한발 두발 제겨 밟는 발길마다
성실과 지성을 심는 사람
인내와 끈기를 가꾸는 산 사람
산에 서 있는 나무를 닮으려
나무가 되어 나무와 얘기하며 오른다

땀으로 몸을 흠뻑 적시며 능선을 타고 오르는 길
내가 산인지 산이 나인지 분간할 수 없다

산과 한 몸 되어 나를 오른다

제1봉을 올라서면 내가 보이고 마을이 보인다
제2봉을 밟고서면 그대가 보이고 먼 산이 보인다

천길 칼 능선을 보듬고 넘어
백척간두 바위 암벽을 타고 오르며
넘어지고 미끄러지면
때 묻은 세상 어디에도 보이지 않는다
능선을 다시 돌고 돌아 오르고 또 오른다

어느덧 제3봉 정상에 오르면
높고 낮은 세상과 융융한 산줄기 줄기가
눈 앞에 펼쳐지는 장엄장엄 그 자체 놀라와라

가슴 가득 담아왔던 짐 풀고
한 바퀴 돌아 굽어보는 신선의 눈빛
아, 정상에 올라 기어코 천하가 보이고
내 발 아래 엎드리는 도다
통쾌하여라, 동쾌하여라

복잡하고 불확실한 현대사회를 살아가는 사람에게 꼭 필요한 것이 있다면, 심신의 안정과 체력을 보강하는 일이다. 가정생활 사회생활 직장생활에서 스트레스를 받지 않고 살기 힘든 시대이기 때문이다. 스트레스는 만병의 근원이 되기에 확 풀어버려야 건강한 삶을 누릴 수 있다.

사람들은 여가가 있을 때마다 술 한잔, 노래 한 곡으로 스트레스를 풀거나 테니스, 헬스, 수영, 달리기 등 운동으로 풀기도 한다. 모두가 체력을 보강하고 단련하고 증진하려는 데 있다. 그렇게 해야만 자신에게 주어진 책임과 의무를 다할 수 있기 때문이다.

여러 가지 스트레스를 푸는 방법 중 내가 선택한 방법은 산을 오르는 것이다. 주로 주말에 등산을 즐겨 한다. 등산은 내 체질에 적당한 운동이라고 사회체육 센터에서 처방을 받았기 때문이기도 하다. 금주는 남한산성, 다음 주는 도봉산, 다 다음 주는 관악산, 그 다음 주는 청계산, 불암산, 검단산 등 서울 변두리 위치한 산을 골고루 찾아 오른다.

주중 등산은 주로 수요일이나 쉬는 날 이용한다. 일과를 끝내고 산을 찾게 되면 시간이 넉넉하지 못하다. 그래도 여름에는 다행히 해가 길어 별문제가 없지만, 겨울에는 해가 짧아 산을 오르면 서둘러서 내려와야 하는 어려움이 있다. 그래서 주중 등산은 직장이 가까운 남한산성이나 검단산을 오른다. 빠른 걸음으로 한 두 시간 걸으면 이마에는 송골송골 땀방울이 맺혀 떨어지고 옷을 적시게 된다. 땀을 흘리고 나면 몸이 가벼워지고 기분이 상쾌해진다. 산을 타는 사람은 바로 이런 맛을 알기 때문에 등산을 즐길 것이다.

등산의 목적은 건강증진의 이익뿐 아니라 산을 즐기고 산을 아끼고 사랑하기 때문이다. 나무와 바위와 바람과 돌과 대화를 통하여 '자연의 고귀함과 인생이란 무엇인가?'를 다시 한번 생각하게 하며, 도시 생활에 찌든 마음을 맑히며 생명의 소중함을 느끼고 깨닫게 하는 데 있다.

무엇보다도 산 정상에 오르면 끝없이 펼쳐지는 융융한 산맥과 산줄기 줄기가 도도한 강물처럼 흐르고 있는 모습을 보면 장엄 장엄 그 자체이다. 또 모든 산과 세상이 내발 아래 엎드리는 모습을 보면 통쾌하고 통쾌한 기분이 들기 때문에 산을 자주 찾는지 모른다.

맑은 공기, 시원한 바람, 산의 정기가 가슴 속으로 스며들어 체내에 스트레스로 범벅이 되어 뭉쳐지고 오염된 이 물질들을 땀으로 방출시키고 정화해 줄 뿐 아니라 호연지기를 키울 수 있어 등산을 좋아하는지 모른다.

주말 등산은 주로 토요일이나 일요일에 산을 찾아 오른다. 새벽 일찍 눈 비비고 일어나 조반을 몇 술 뜨고 간단한 등산복을 차려입고 집을 나선다. 오염된 환경에서 탈피하고 시끄러운 도시 소음에서 벗어나고자 서둘러 버스를 타고 지하철에 몸을 얹고 한 시간 여정도 달리다 보면 마음은 벌써 신이나 콧노래가 절로 난다. 산을 오르기도 전에 몸이 반응하는 형태들이다.

목적지인 산 아래 등산로 입구에 도착하면 몇몇 등산 동지들이 울긋불긋 형형색색의 등산복을 갖추어 입고 모자를 쓰고 삼삼오오 모여서 며칠 동안의 안부를 묻고 박장대소 즐거워하고 있다.

산을 오르고자 하는 마음이 있기에 더욱 기분이 좋다. 약속된 동지들이 모두 모이면 산을 쉬엄쉬엄 올라간다. 거북이처럼 느릿느릿 걸으면서 계곡을 타고 흘러내리는 물 소리와 산바람 소리는 어머니가 불러주는 자장가요, 하나의 교향곡으로 들린다. 한 점의 돌과 바위는 조각이요, 울긋불긋한 단풍은 한 폭의 풍경화이다. 이를 감상하면 즐겁고 여유로워지며, 자유롭고 행복해진다.

한 계단 한 계단 올라시는 걸음마다 땀과 성실을 심고, 한 발 한 발 내딛는 발길마다 희망과 평화를 심어 가꾸며, 계곡마다 꿈과 이상을 노래하고, 봉우리마다 기쁨과 영광을 외치면 피곤함을 모르기 때문에 산을 즐겨 찾는다.

산기슭에 펼쳐진 정경들을 관조하면서 그렇게 굼벵이처럼 굼틀 꿈틀 올라도 정오가 되면 정상에 오를 수 있다. 부지런하고 성실 근면한 사람이면 누구나 정상에 오를 수 있음과 정상이 그리 높은 곳에 있지 않음을 알게 된다.

넓은 세상이 보고 싶으면 정상에 올라야 한다는 것을! 근면 성실하게 올라가야 정상에 오를 수 있다는 것을 깨닫게 된다.

누가 시킨다고 정상을 오르려 하겠는가? 누가 일당을 주면서 정상을 밟고 오라고 한다면 아마도 올라가지 않을 것이다. 정상을 오르는 과정은 땀도 나고, 힘도 들고, 다리도 아프고 저리기 때문이다. 산을 오르는 마음은 어디까지나 자발적 의사요, 결정이기 때문에 산을 즐겨 찾는 이유이다.

누구나 한 발 한 걸음으로 산을 밟는 마음은 진정 행복하다. 고상돈, 허영호, 오은주 같은 전문 등반가가 에베레스트 정상을 밟는 기분으로 산 정상에 올라 하늘을 마음껏 품고 천하를 굽어보면 하늘이 끝없이 높고 마냥 푸르다는 것을 알게 된다.

돈이 무엇이며 사회적 지위가 무엇인가? 세상만사 근심 걱정 모두 산 정상에 내려놓고 나면 황홀한 마음만 바람에 훨훨 날아갈 뿐이다. 진정 등산의 기쁨은 이런 것이어라.

'왜 내가 등산의 묘미를 몰랐던가?' 라고 후회막급한 마음도 들 것이다. 내 마음에 가진 것 없어도 머리 위에 항시 푸른 하늘을 우러러볼 수 있음에 행복하다 할 것이다. 진정 넓은 세상이 보고 싶으면 정상에 올라가야 한다는 것을 알게 될 것이다.

인생은 약속이다

이처럼 한 사람의 출생 년·월·일·시도, 호칭도 하나의 약속된 기호와 같다. 그래서 약속으로 시작하고 약속으로 끝나는 것이기에 '인생은 약속이다.'라 고 정의한 것이다.

3부_

인생은 약속이다

　인생은 약속이다.

　약속은 상호작용이다. 약속은 장래에 어떤 행위를 할 것인지 자기 자신과 혹은 상대방과 어기지 않을 것을 서로에게 다짐하는 의지의 작용이다. 어떤 일을 할 것인지, 어떻게 일을 처리할 것인지. 또 어떻게 이름 지어 부를 것인지 등을 정하여 실천하고자 하는 계획이다.

　약속은 인생에 있어서 매우 중요하다. 약속으로 시작해서 약속으로 끝나는 것이 인간의 삶이기 때문이다. 한 번 한 약속은 취소해서도 안 되며, 불가피한 경우가 아니면 바꾸어서도 안 된다. 굳이 약속한 것을 지킬 수 없는 불가핀 사정이 생겼을 때는 사전에 상대방의 동의를 받아서 취소하거나 변경할 수 있다.

약속은 나 자신과 상대방의 인격을 존중하는 차원에서도 잘 지켜야 하는 의무가 따른다. 물론 신의 없는 사람이고자 한다면 지키지 않을 수 있지만, 신의가 없는 사람으로 낙인찍힐 수 있을 뿐만 아니라 약속을 깬 사람은 훗날 신뢰감을 잃어 '콩으로 메주를 쑨다.' 해도 믿을 사람은 아무도 없을 것이다.

신뢰를 받지 못하는 사람은 사실상 세상을 온전히 살아가기 어려울 것이다. 어떤 일을 도모한다고 해도 협조하거나 동조해주는 사람이 없어서 아무런 일도 성사시킬 수 없게 될 것이며, 영원한 실패자로 전락할지 모른다.

어떤 약속을 하더라도 내 시간이 중요하듯 상대방의 시간도 중요함을 인식하고 함부로 약속해서도 안 되며, 약속한 사실은 엄격하고 철저하게 지켜야 한다. 한 번 약속한 것은 일생 동안 지키겠다는 마음가짐이 옳은 태도다.

신뢰받는 사람은 30대 연장자가 말실수로 책잡혀 20대 연하 자에게 형님으로 부르겠다는 약속을 했다 하자. 20대 연하자가 아무리 싫은 말을 해도 어떠한 질책을 해도 경우가 옳고 의리에서 벗어나지 않으면 끝까지 형님으로 부르는 사람이다. 약속의 중요성을 알기 때문에 한 번 한 약속을 죽을 때까지 지키려는 사람이 바로 큰사람이다.

이 땅에 태어난 사람은 누구나 출생한 날[년, 월, 일, 시]과 태어난 사람을 대표할 수 있는 이름을 정하여 관계기관에 출생 신고함으로 한 사람의 인격체로서, 국민의 일원으로서의 존재를 만천하에 공표함으로써 헌법상 보장된 국민의 기본권과 인간의 존엄성을 부여받게 된다. 동시에 '이런 사람으로 살겠습니다.' 라고 세상과 약속을 선언한 것이다.

출생신고를 하는 순간 누가, 언제, 어디서, 무엇을, 어떻게, 왜 행동을 하더라도 나는 혹은 그 사람은 몇 년, 몇 월, 며칠, 몇 시에 태어난 사람이며, 호칭은 아무개라 불리는 사람이라 기록된다.

학교에 진학할 때도, 성인이 되어 신성한 국방의 의무를 수행할 때도, 취직을 하고, 결혼할 때도, 직장에 입사할 때도, 국가나 정부지방공공 기관에서 근무하는 공무원이 될 때도 확인하고 사망하는 날까지 그렇게 기록하고 불리게 된다.

약속은 모든 사람이 꼭 같이 이해하고, 꼭 같이 적용하며, 꼭 같이 활용하길 바라서 만국민이 공통으로 약속해 놓은 것이다. 수학의 공식과 같은 것이다. 문제를 푸는 절차로써 덧셈, 뺄셈, 나눗셈, 곱셈, 루트, 시그마, 파이 등과 같은 수학 문제를 푸는데 소용되는 기호와 같은 것이다. 이러한 수학의 공식은 인종 나라 지역 남녀를 가리지 않고 만국 만민이 공통으로 적용해야만 수학 문제를 풀 수 있기 때문이다.

이처럼 한 사람의 출생 년 · 월 · 일 · 시도, 호칭도 하나의 약속된 기호와 같다. 그래서 약속으로 시작하고 약속으로 끝나는 것이기에 '인생은 약속이다.'라고 정의한 것이다.

공덕을 많이 쌓아라

공덕을 쌓아라.

공덕을 많이 쌓아야 성공할 수 있다. 공덕의 공(功)은 온갖 정성, 집념, 성실로 목적을 달성하기 위한 수단이며 경험이며 노력이다. 베푸는 노력의 결과요, 목적이며 보상이며 대가이다.

부처님께서는 삼천대천세계를 가득 쌓을 만큼의 많은 금은보화로 보시하는 것보다 불경을 듣는 것이 더 공덕이 크고, 불경 한 구절을 다른 사람을 위하여 설하여 주는 것이 공덕이 더 크다 하셨다. 또 말씀하시기를 황하의 모래 수만큼의 많은 수의 중생을 교화시켜 아라한[부처]으로 만드는 것보다 원각경 계송 반 구절을 다른 사람을 위하여 설하여 주는 것이 더 공덕이 크다고 하셨다.

생각해보라. 금은보화로 보시하여도 금은보화는 금방 다 쓰여 없어지고 마는 소비재와 같은 물질이지만, 부처님 진리의 말씀 반 구절을 들은 사람은 그 구절을 염두에 두고 그 구절에 따라 실천한다면 부자도 될 수 있고 건강하게 살 수도 있을 뿐 아니라 영원히 도둑맞거나 없어지지 않는 진리이기 때문에 그만큼 공덕이 크다고 하는 말씀이 지극히 옳고 옳은 말씀이다.

잘 사는 사람을 만나거나 성공한 사람을 만나면 공덕을 많이 쌓았군요? 라는 덕담으로 말을 건네게 된다. 오늘날과 같이 치열한 경쟁 사회에서 성공한 결과를 얻기까지 공을 조상이 많이 쌓았거나 현재 당신이 많이 쌓아서 얻은 결과가 아니냐고 부러워서 물어보는 질문인 것이다.

다시 생각해보라. 학원가에 전해지는 얘기로 4당 5낙이란 말이 있다. 이 말의 의미는 하루 24시간 중 4시간 잠을 자고 20시간을 공부한 사람은 서울대학교에 갈 수 있으며, 5시간을 자면 떨어진다. 5당 6낙은 고려대 연세대학을 간다고 사람들의 입으로, 입으로 회자되었었다.

단적으로 수학 문제를 제대로 풀 수 있는 능력을 갖추기 위해서는 사칙계산부터 미적분까지 푸는 과정을 이해하고 숙지하여 10여 년을 풀어보고 또 풀어본 이후에 대학 수능시험 수학 문제를 잘 풀 수 있는 것도 공을 많이 쌓은 결과가 아니겠는가?

그렇듯 어느 한 가지에 정통한 전문가가 되려면 그만큼 노력과 정성을 아끼지 않아야 된다. 즉, 공을 들여야 전문가가 될 수 있다는 말이다. 허벅지가 썩고 진물이 나도록 꼼짝 않고 앉아서 공부했다고 하더라도 목표를 이룬 사람보다도 이루지 못한 사람이 더 많음도 알아야 한다.

사람들은 각자 설정한 목표 달성을 위하여 많은 시간과 자본을 투자하고 공을 들이지만 그 결과에 있어서 투자와 노력한 만큼 보상을 받은 사람은 그리 많지 않다.

목표를 설정해 놓고 투자와 노력과 정성과 공을 들이지 않는 사람이 어디 있겠는가? 똑같은 방법으로 공들였음에도 불구하고 성공한 사람보다 실패한 사람이 더 많은 것은 사실이다. 누구나 목표를 설정하고 누구나 성공할 수 있다면 누가 공을 들이지 않겠는가?

사람에 따라 그릇에 따라 과보가 달리 나타나기 때문이다. 재벌가 총수들의 전기를 읽어보면 한결같이 오랜 세월 동안 맨주먹으로 밑바닥부터 성공하기까지 수많은 난관에 부딪혀 온갖 고생과 고초를 겪고 실패를 거듭하다가 백 분의 일 아니 천 분의 일로 성공하여 재벌이 되었다는 얘기다.

'첫술에 배가 부르랴?' 라는 격언처럼 쉽게 이루어지는 것은 세상에 없다. 공을 많이 쌓아야 끝내 이룰 수 있고 성공할 수 있는 것이다. 실패는 성공의 어머니란 말도 있지 않은가? 한두 번 실패하면서 경험적 진리와 수단과 방법을 습관처럼 익히게 되어 마지막에는 성공할 수 있는 것이다. 하늘은 그렇게 정성 들여 노력하고 공들이는 사람에게 참고 인내하며 기다릴 줄 아는 사람에게 성공이란 과실을 보상으로 주기 때문이다.

크게 성공하려면 목숨을 걸고 노력과 정성, 공을 들여야 하고, 작게 성공하고 싶으면 성실하게 근면하게 살면 될 것이다.

무소유에서 행복을 찾다

가난한 사람은 잃을 것이 없다. 근심 걱정거리도 없다.

근심 걱정 없으니 세상에 두려운 것 없다. 두려움 없으니 도둑도 강도도 무섭지도 두렵지도 않다. 대문을 활짝 열어놓고 큰 대자로 잠을 잘 수 있다.

거지가 무서운 것 무엇이며 두려운 것 무엇이 있겠는가? 잃을 것도 비난받을 것도 없는 무소유의 천시기 아닌가? 길거리에 큰 대짜로 사지를 활짝 펴고 자고 있어도 누가 탓할 사람이 있겠는가? 거지를 보는 사람은 눈살이나 찌푸리고 지린내가 나면 코를 막고 지나가면 그뿐이기 때문이다.

거지는 세상에 부러운 것도, 갖고 싶은 것도, 오르고 싶은 자리도 없다. 숨이 붙어 있는 동안 한 끼 때울 수 있으면 그것으로 만족하며 산다. 그래서 세상

사람들은 거지를 두고 거리의 천사라 미화하지 않는가?

그러나 돈을 많이 가진 자와 지위가 높은 사람은 근심 걱정이 그칠 날이 없다. 99섬 가진 자는 부정한 방법으로라도 100섬을 채우고 싶은 간절한 탐심은 인간의 마음에 보편적 탐심(貪心)인 줄 모른다.

내가 들은 이야기지만 대구에 99억 대 재산이 되는 부자가 100억 대의 재벌이 되고 싶어 사주 상으로 못 둑(재물을 지킬 수 있는 능력)이 약하여 많이 벌어도 재산이 모이는 것보다 잃는 것이 더 많아 재벌의 반열에 오를 수 없어 멀쩡하게 아무 문제도 없는 마누라와 이혼하였다 한다. 이런 것이 인간의 욕심이 빚은 끝도 없는 탐욕의 결과다. 보편적 인간에게는 많이 가지면 가질수록 근심 걱정거리가 더 많아지는 것을 모르는 표상이다.

지위도 그렇다. 뒷골목 불량배 두목부터 시작해서 면장 군수 도지사 장관 국회의원 대통령 등 낮은 지위에서부터 높은 지위에 오른 모든 사람은 끝없는 명예욕과 권력욕 재물욕으로 인하여 근심 걱정거리가 많을 수밖에 없다.

지위가 높은 만큼 책임과 의무가 많을 뿐 아니라 권력도 행사할 수 있기에 지위에 걸맞게 하고 싶은 일과 하고 싶지 않은 일의 중첩으로 인하여 근심 걱정거리가 생긴다. 어떻게 하면 속된 말로 떡고물이 떨어지도록 할까 하는 복잡한 심사가 만들어 내는 걱정거리, 사회적 지위에 걸맞은 대접을 받고 싶은 마음, 그 자리가 영원히 유지되길 바라는 마음과 더 높이 오르고 싶은 명예욕이 낳은 근심거리가 많아질 수밖에 없다.

낮은 지위에 있는 사람도 더 높은 지위에 오르기 위해 복장도 근무 태도도 근무 능력도 좋아야 하기에 상관에게 잘 보이려는 근심 걱정과 상위 지위를 얻기 위해 물질적인 여유도 갖추고 있어야 하므로 근심 걱정거리가 많아질 수밖에 없을 것이다.

그래서 길거리 거지는 더 가지려고 애쓸 필요도 욕망도 없고, 더 오르고 싶은 마음도 더 오를 곳도 없는 만인지상 무인 지하의 지위에 살고 있으니 근심 걱정거리가 뭐가 있겠는가.

편히 온전히 오래 살고 싶으면 적게 가지고 적게 먹고 적게 싸고 적게 누리는 무소유 마음에서 그 행복을 찾아야 하지 않을까.

세 가지의 힘

사람이 살아가는 데 힘이 없으면 살아갈 수 없다. 일어설 수도 앉을 수도 없기에 누울 수밖에 없다. 눕는다는 것은 죽음을 의미하고 패배를 인정하는 것이다. 사람이 힘이 없어 패배한다는 것은 비참한 일이며 슬픈 일이다. 힘이 없다는 것은 아무런 미래를 기대할 수 없다. 부귀영화 행복 무병장수도 그림의 떡이 될 것이다.

치열한 생존경쟁에서 살아남으려면 힘을 길러야 한다. 힘이라 하면, 우리말로 힘, 한자로 力, 영어로 power라 하는 것을 육체적인 힘인 체력(體力), 지식의 힘인 지력(知力), 물질적 힘인 경제력(經濟力)으로 삼분할 수 있다.

"육체적인 힘"은 체력으로 건강한 육체를 바탕으로 한 힘, 지구력(持久力)을 의미한다. 건강한 육체는 규칙적인 생활과 균형 있는 식사, 적당한 운동을 통하여 만들 수 있다.

건강한 체력은 곧 국력이며 재산이다. 건강한 체력을 가질 때 왕성한 사회생활을 하고 또 노동력을 발휘하여 꿈과 이상을 실현할 수 있다. 건강한 체력은 자아실현을 할 수 있는 원동력이다. 육체적인 힘은 모든 것의 바탕이 되는 힘이며 기본이 되는 힘이다.

"정신적인 힘"은 지력(知力)이다. 이성을 바탕으로 하는 지식의 힘이 없으면 사리판단이 되지 않고 옳고 그름을 분별할 수 없다. 옳고 그름의 사리판단을 하려면 인간의 도리와 법률적 상식이나 경험적 지식을 두루 갖추어야 하며, 그렇지 못하면 동물적 본능만 갖고 살 수밖에 없을 것이다. 동물에게는 앎도 언어도 사유도 하지 못하기 때문이다. 결국에는 지식의 힘이 없으면 자신의 몸도, 가정도, 나라도 지킬 수 없는 무능한 사람으로 저급하게 살아야 할 것이다.

온전한 지식의 힘을 길러야 인간다운 삶을 살 수 있다. 영국의 철학자 베이컨은 "아는 것이 힘이다 Knowledge is power."라고 말했다.

그렇다. 아는 게 힘이다. 지식이 없으면 아무런 일도 할 수 없다. '알아야 면장을 하지.'라는 말은 아무것도 듣고 보고 배우지 않아 무식하기에 일처리 순서도 방법도 모르기 때문에 아무것도 할 수 없다는 말이다. 그래서 많이 배워 지식을 함양해야 한다. 지식을 함양하기 위해서 가장 좋은 방법은 우선 제도권 교육을 성실히 받고 많은 직접적인 경험과 간접적인 경험을 하는 것이다.

직접적인 경험은 세상에 많고 많은 직종의 직업이 있고 일거리가 있다. 그것을 직접 경험할 수 있는 범위 내에서 경험해보는 것이다. 직접 일을 해봄으로 경험해본 일을 해야 할 때 일의 머리와 끝을 알기 때문에 원만하고 자연스럽게 물 흐르듯 일을 처리할 수 있다.

간접적인 경험은 광화문 교보문고에 가보면 수십만 권의 책들이 독자를 기다리고 있다. 여기 있는 책들은 직업의 직종만큼 많은 사람들이 다양하게 직접 체험해 본 경험을 바탕으로 눈물과 땀, 피로 써낸 경험적 진리들이다. 따라서 독서를 통해 직접경험으로 해보지 못한 일들을 눈으로 머리로 마음으로 쉽게 경험할 수 있으니 이 얼마나 간단하고 쉽게 할 수 있는 경험인가.

지식을 많이 쌓음이 국가 사회와 세계 모든 인류를 행복하게 살 수 있도록 한다면 금상첨화가 되겠지만, 독서를 통하여 얻은 지식을 악용하여 못된 일에 활용한다면 인류에게는 큰 죄악이 될 것이다.

우리나라의 경우 어느 나라보다 어머니들의 치맛바람이 뜨거운 교육열을 거세게 불러와 짧은 기간에 세계 속에 한국을 경제대국으로 위상을 끌어 올린 것을 누구도 부인하지 못할 것이다. 그것은 어머니들의 높은 교육열이 가져다준 지식의 힘(功)이라 하겠다.

"물질적인 힘"은 돈을 얼마나 많이 가졌느냐 적게 가졌느냐에 따라 경제력이 결정된다. 돈은 개인과 가정, 국가를 유지하는데 필요한 윤활유와 같은 것이다. 돈의 힘은 핵무기보다 무서운 것이다. 돈이 없으면 핵무기도 만들 수 없을 뿐 아니라 당장 먹거리를 살 수 없으며, 몸이 아파도 약은커녕 진료도 받을 수 없으니 얼마나 무섭고 무서운 힘인가.

인간의 몸에 흐르는 피와 같은 것이 돈(경제력)이다. 방랑시인 김삿갓은 돈에 대하여 평가하기를 그의 시 돈에 대한 시(錢詩)에서 이렇게 읊었다. 주유천하개환영(周遊天下皆歡迎) 천하를 돌아다니지만 모두가 환영하는구나. 흥국흥가세불경(興國興家勢不輕) 나라도 흥하게 하고 집도 흥하게 하니 가볍게 볼 수 없구나. 거복환

래래복거(去復還來來復去) 갔다가도 되돌아오고 왔다가는 다시 가는구나. 생능사사 사능생(生能捨死死能生) 산 사람도 능히 죽이고 죽은 사람도 능히 살리는구나.

돈의 위력은 사람을 울리기도 하고 웃기기도 한다. 돈 때문에 인생을 허무하게 사는 사람이 있는가 하며, 돈 때문에 강도를 만나 희생되는 사람도 더러는 있다.

돈, 물질직, 경제적 위력은 대단함을 김삿갓 시에서도 볼 수 있다. 한 가정이나 한 나라의 부의 척도는 일 인당 돈을 얼마나 가지고 있는가에 따라 부자냐 가난하냐에 따라 결정된다. 경제력이 강하면 강할수록 넉넉하게 여유로운 삶을 유지할 수 있지만 그렇지 않으면 세계적으로 빈국 대열에 서서 채무국으로 살아야 할 것이며, 개인적으로 거지같이 깡통을 차고 길거리를 방황하며 구걸로 살아야 할 것이다.

그러나 개인에게 지나치게 돈이 많으면 오히려 자신과 가정을 망치는 경우가 많다. 돈이 주는 역작용이다. 돈은 적당하게 가지면 가족, 부부, 형제간에 서로가 화목하게 살 수 있어 좋다. 하지만 돈 때문에 불화하여 가정이 파탄 나고 나라가 패망에 이르기도 한다.

현대를 살아가려면 육체적인 힘, 지식의 힘, 물질의 힘을 가져야 한다. 최소한 세 개의 힘 중에 한가지라도 힘을 확실하게 가지면 일생을 살아가는 데 큰 어려움이 없을 것이다.

독서는 삶을 풍요롭게 한다

춘추전국시대 제자백가 중 한 사람인 『장자(莊子)』천하 편에 '남자는 모름지기 다섯 수레의 책을 읽어야 한다(南兒須讀五車書).'는 말이 나온다. 남자라면 적어도 일생 동안 그 정도는 읽어야 자신을 온전히 다스리고 가정을 온전히 다스릴 수 있고, 나아가서는 나라를 제대로 다스릴 수 있는 국량(너그러운 마음과 깊은 생각으로 일 처리하는 능력)이 생긴다는 뜻이다. 즉, 독서를 많이 하라는 권독의 말이다.

다섯 수레의 책이라면 어림짐작으로 2~3천 권이 되지 않을까 생각된다. 우리나라 현재 교육제도에 비추어 보면 유치원 1년, 초등학교 6년, 중학교 3년, 고등학교 3년, 대학교 4년, 대학원 2년, 박사과정 3년 등 약 20여 년 동안 읽어야 하는 분량이다. 교양서적, 전공 서적, 인접 서적, 관련 서적, 기타 서적 등을 읽어야 석사학위, 박사학위를 받을 수 있는 자격이 된다는 분량의 책이다.

동양의 진리의 등불이신 석가모니 부처님과 공자님 두 분을 들 수 있다. 부처님은 한평생 8만 4천의 법문을 하셨고 그 제자는 헤아릴 수 없으며, 공자님께서는 3,000여 명 제자에게 일생동안 말씀하신 사상과 철학의 내용은 제자들 입을 통하여 전해진 사상들로 논어, 맹자, 대학, 중용, 시경, 서경, 역경은 공자의 사상과 철학으로 전해지는 4서 3경 등이다.

독서를 많이 하여 공자의 사상과 철학을 배운다면 개인에게 있어서는 인의예지신(仁義禮智信)의 오상(五常)과 온화, 양순, 공손, 검소, 겸양의 오덕(五德)을 닦아 수신제가치국평천하(修身齊家治國平天下)의 통치 철학을 실현할 수 있을 것이다. 그 뿐만 아니라 기업의 발전과 성장, 인화 단결로 기업의 안정과 관계되며, 나라와 민족에 있어서는 아름답고 멋진 종족의 흥망성쇠에도 깊은 관계가 될 것이다.

독서를 많이 하면 할수록 지식이 많이 쌓이고, 지식이 많이 쌓이면 지혜가 샘솟아 슬기로운 생각과 신선한 영감이 많이 떠올라 개인발전과 사회문화 발전으로 이바지할 수 있다. 독서를 많이 하면 컴퓨터왕 빌 게이츠 같은 인물이 나타나서 나라를 경제부국으로 이끌어 줄 수 있다. 나아가서는 인류문명의 발전을 가져다주는 것은 두말할 필요가 없을 것이다.

그럼에 불구하고 최첨단 과학 문명을 누리고 사는 현대인들은 문화발전 속도가 빠르면 빠를수록 상대적으로 점점 더 독서를 게을리하고 있어 애석한 마음이 든다.

독서를 많이 하고 책을 많이 쓰는 사람은 대한민국의 국민이기 이전에 한 나라의 문화발전의 선구자요. 대한민국의 장래를 걱정하는 진정한 우국지사요. 대한민국을 사랑하는 애국자이기 때문에 아름답게 향기가 나는 사람이다. 독서를 많이 하는 사람은 국가적 위기가 찾아오면 구국자로서 역할도 잘할 수 있는 지성인이 된다.

독서의 재미는 독서의 재미를 느껴보지 않은 사람은 모른다. 얼마나 즐겁고 재미있고 행복한지를 모른다. 독서를 하는 순간만큼은 눈에 서광이 번득이고, 표정은 밝고 부자가 된 듯 여유롭고 넉넉해진다.

독서의 재미를 아는 사람은 복잡한 지하철 속에서 버스 속에서 길을 걸으면서도 흔들리는 문장과 글귀를 따라 읽고 읽는 순간만큼 세상에 부러울 것 없는 행복감을 알기 때문이다.

독서 인구가 점점 더 많이 늘어나야 한다. 책 속에 길이 있고, 세상이 있고, 사색이 있고, 번득이는 지혜가 있고, 미래가 있다. 밝고 맑은 국가사회발전을 위하여 독서를 많이 하자.

진취적인 삶이 미래를 만든다

21세기 첨단 과학문명 시대에 무사안일에 빠져 노인처럼 사는 청년을 보면 나라의 장래가 걱정될 뿐 아니라 자신의 인생과 미래에 대해서 꿈도 이상도 없는 것 같이 보여 안타까운 마음이 든다. 물론 다수의 청년은 그렇지 않고 소수의 청년이 그렇다 치더라도 심히 염려된다.

돈이면 최고이고 배만 부르면 너이상 바릴 것이 없으며, 오늘 하루 편안하게 지낼 수 있으면 그만이다, 라고 생각하며 사는 것 같다. 그래서 청년들은 단순하게 생각하고 단순하게 행동한다. 어쩌면 그것은 이미 어쩔 수 없는 절망에 빠져 헤어 나올 수가 없어 속으로 끙끙 앓으며 갈등하면서 침묵 속에 사는 것일지 모른다.

그렇다면 더욱더 청년은 모름지기 바른 인생을 살겠다는 신조나 신념을 갖추고 살아야 한다. 신념은 철학이며 주관이며 의지이기 때문이다. 신념이 있는 사람은 태풍이 불어도 쓰러지지 않고 쓰러지면 다시 일어설 수 있는 인내와 끈기, 용기를 품고 사는 사람이다.

신념이 있는 사람은 생의 목표가 분명하게 정립되어있다. 목표라는 것은 내가 가야 할 방향이며 어떠한 난관이 부닥쳐도 기어이 가야 할 길이기도 하다. 가야 할 길이 있고 갈 길을 아는 사람은 '시작은 반이다.'라는 말처럼 이미 절반은 성공한 사람이다.

목표는 영리를 추구하는 기업에도 일일 목표가 있고 한 달의 목표, 일 년의 목표를 분명하게 정해놓고 목표 달성을 위해 최선을 다한다. 이처럼 목표가 분명한 기업은 번창할 것이고 치열한 기업 간의 경쟁에서도 살아남을 것이다.

국민의 봉사자이며 보호자인 국가와 지방 공공단체도 국민의 삶의 질을 향상시키고 편히 살도록 한다는 목표와 복지국가의 실현이라는 거대한 목표가 분명할 때 비로소 국민의 삶의 질이 향상될 수 있을 것이다.

목표가 분명한 청년은 행복할 자격과 성공할 확률이 높게 된다. 목표가 분명하면 추진력이 생기고 근면 성실한 노력이 뒤따르게 된다.

목표가 분명한 사람은 도전적이고 적극적이고 능동적이며 진취적인 사람이다. 인간은 주는 대로 먹으며 사는 돼지가 아니기 때문이다. 사람은 과거를 먹고 사는 동물이 아니라 미래를 향해 역동적으로 살아가는 의지의 동물이기에 목표가 분명해야 한다. 목표가 없는 삶은 죽은 삶이며 시체나 다름없는 존재가치가 없는 인간이다.

따라서 젊은 청년이라면 세상보다 앞서가는 생각을 할 줄 알아야 한다. 앞서가는 사고를 함에 진취적이고 발전적이고 혁신적인 태도이자 자세이다. 복잡한 사회를 냉철하게 꿰뚫어 볼 줄 아는 선견지명을 말한다. 앞서가는 생각은 모험이며 도전이다.

도전은 충돌이다. 도전은 과거의 경험과 역사적 사실 현재의 여러 여건과 상황 각종의 변수들을 바탕으로 하여 변화하며 미래사회에 적응할 줄 아는 지혜이다. 많은 통로를 열어두고 정보를 수집하고 종합하고 정리하고 비교 분석하여 합리적인 대안을 찾아내어 모험과 시행착오를 거치면서 끝내는 미래에 대응할 수 있는 가치 있는 일을 찾아내는 것이 앞서가는 생각이라 하겠다.

모름지기 청년은 적극적인 행동을 해야 한다. '소년이여 야망을 가져라 Boys be ambitious!' 라는 말처럼 앞서가는 생각이 정신적인 미래에 대한 야망이며, 꿈이며, 도전이라면 적극적인 행동은 실천적이고 현실적이며 육체적인 야망이다.

또 한 청년은 진취적인 사고를 하고 도전정신을 발휘하기 위해 책임 있는 자세를 가져야 한다. 책임 있는 자세란 적극적인 행동의 결과에 대한 전면적인 책임을 의미한다. 속된 말로 '잘되면 내 탓이고 잘못되면 조상 탓이다.' 란 말처럼 어떤 경우에도 잘못된 부분에 대해서 책임을 회피하거나 변명해서는 안 된다.

적극적인 행동과정에서 준법정신을 견지하되, 본의 아니게 법에 저촉되었다면 달게 처벌을 받아야 하며, 윤리 도덕적 측면에서 비난의 대상이 될 때 당연히 비난받겠다는 마음가짐을 가져야 한다.

진취적인 삶을 살기 위해서는 항상 머리로 생각하고, 온몸으로 실천하고, 가슴으로 느끼며, 성실 근면한 자세로 살아야 한다.

네 가지 선택의 철학적 심각성

인생은 선택에 따라 행·불행이 엇갈린다.

잘못된 선택이 인생을 망친다. 그만큼 선택이 중요하다는 말이다.

이 말을 해야 할까 하지 말아야 할까? 커피를 마실까 생강차를 마실까? 아주 작고 사소한 일부터 누구를 대통령으로 뽑을까? 국가적 운명이 달린 일까지 선택을 해야 한다.

개인적으로 선택을 잘하면 좋은 결과를 얻을 것이나 잘못했을 때에는 돌이킬 수 없는 실패와 좌절을 맛보게 될 것이다. 국가적으로 선택을 잘하면 국민의 홍복(弘福)이 될 것이나 잘못 선택하였을 땐 국민은 물론 국가적으로 나아갈 방향을 잃고 혼돈과 고통, 갈등 속에 살아가야 할 것이다.

인생은 출생이라는 선택으로 시작하여, 죽음이라는 선택으로 막을 내리게 된다. 출생과 사망은 나의 의지와 상관없다. 내 의지로 내가 선택하여 태어날 수 있다면 사회적 지위가 높은 가정의 자식으로 태어나거나 재벌의 자식으로 태어났을 것이다.

나는 가난한 농부의 자식으로 태어났고, 사회적 지위가 낮은 집안에서 태어난 것은 전적으로 나의 선택으로 태어난 것은 아니다. 비록 마음에 드는 좋은 환경에 태어나지 못하여서 누구를 원망하거나 추호도 투정을 부리고 싶은 마음도 없다. 물론 투정을 부린다 해결될 문제가 아니기 때문이다.

성인이 되어 인생을 위하여 내가 결정권을 가지고 선택을 해야 할 때 신중히 생각하고 따져보아야 한다. 내가 세상에 태어나 사는 동안 직접 혹은 간접적으로 많은 영향을 끼칠 것으로 생각되는 것이 있다.

신중히 생각하고 고려해서 선택해야 할 것으로 배우자 선택의 문제, 종교의 선택 문제, 직업의 선택 문제, 그리고 능력 있고 정직한 국가지도자를 뽑을 때 유권자로서 귀중한 한 표를 어떻게 행사하느냐 하는 문제에 대해 생각해보았다.

첫째로 배우자의 선택을 잘해야 한다.

어떤 배우자를 선택하느냐 하지 않느냐에 따라 행·불행이 결정되며, 한 삶이 온전히 누릴 수 있느냐 없느냐가 결정되기 때문이다. 신분제도 하에서는 나보다 위의 신분을 선택하면 나의 신분이 한 단계 상승하고 나보다 아래 신분을 택하면 나의 신분이 한 단계 떨어지기 때문이다. 경제적으로 윤택한 사람을 배우자로 선택하였다면 경제적 궁핍을 느끼지 않고 살 수 있을 것이나 가난한 사람을 배우자로 선택하였다면 그만큼 경제적 고통을 감수해야 할 것이다.

교육수준이 비슷한 사람을 배우자로 선택하였다면 사회적 정치적 문제에 직면했을 때 의사소통이 원만하여 공감대를 쉽게 끌어낼 수 있을 것이며, 일회성 인간이 살아가는 삶에 방법까지 함께할 수 있어 원만한 결혼 생활을 유지할 수 있기 때문이며 적어도 가정이 파탄 나는 일은 그만큼 적을 수 있기 때문이다.

둘째는 종교선택을 잘해야 한다.

어떤 종교를 선택하느냐, 하지 않느냐? 이 문제도 중요하고 심각하다. 국교를 인정하는 나라에서는 종교선택의 문제가 되지 않지만, 국교를 인정하지 않고 종교선택의 자유를 보장하는 나라에서는 어떤 종교를 선택하느냐에 따라 삶의 질이 달라지고 가치가 달라지고 이웃이 달라지고 습관이 달라지기 때문이다. 종교선택의 자유가 보장되는 나라에서는 다양한 종교 중에 기독교를 선택하느냐, 천주교를 선택하느냐, 불교를 선택하느냐는 전적으로 개인의 가치관과 주변 사람과 인연에 따라 결정될 것이다.

종교의 선택에서 우리가 알아야 할 것은 국민의 4분의 3 정도가 서로 다른 종교를 갖고 있어 언제든지 종교적 갈등이 발생할 수 있다는 점이다. 다행히 우리나라는 국교는 인정하지 않고 종교의 자유를 인정하기 때문에 불안한 마음은 다소 감소 되지만 방심할 성질은 아니라고 본다.

셋째로 개인의 선택 문제에 있어서 소홀히 할 수 없는 것이 있다면 직업선택의 문제이다.

전통적 농업사회에서는 직업의 선택은 개인의 의사와 무관하게 선택되었다. 한때 우리나라는 봉건적 왕조시대였고 양반과 평민, 천민이라는 신분제도가 엄연히 존재하였기 때문에 신분에 따라 직업도 선택할 수밖에 없었기 때문이다.

그러나 오늘날과 같이 국민이 주인인 민주정치 제도하에서 인간존중, 자유와 평등, 국민의 기본권이 보장되는 산업화 정보화 사회에서 직업 선택이 더욱 중요해 졌다. 빠르게 변하는 사회에서 최초로 선택한 직업은 평생 직업이 될 수도 없다. 그것은 종신제 직업이 아니기 때문이며, 신분 보장제 직업이 아니기 때문이다.

직업은 한 번 선택하면 길게는 20년, 짧게는 4~5년 정도 일할 수 있기에 한평생 세 번 정도는 직업을 바꾸어야 한다고 말한다.

넷째로 국가적 지도자를 선출할 때는 국가의 운명이 달려 있고 국가의 장래가 달려 있음을 생각할 때 지연, 혈연, 학연, 종파나 파벌을 따지지 말고 공정히 후보자의 경험과 능력, 지도자로서 적합 여부를 따져서 대한민국을 대표할 수 있는 분인가를 잘 따지고 살펴 귀중한 한 표를 행사하여야 한다.

국민의 삶의 질을 높이고 두려움과 공포 없이 안보가 튼튼한 나라를 만들어줄 인물에게 표를 주어야 한다. 그것은 유권자인 국민이 똑똑해야 불편부당하게 술 한잔 차 한잔에 표를 팔아넘기지 않기 때문이다.

결국 선택의 철학적 문제가 나의 개인의 삶과 질, 국가적 흥망과 두루 관계가 깊다는 점을 인식한다면 결코 함부로 선택할 수 없을 것이다. 특히 한 나라를 이끌어 가는 최고 책임자를 선출할 때는 깨어 있는 유권자, 공정한 유권자, 똑똑한 유권자가 되어 현명한 지도자를 선택하였으면 하는 바람이다.

분수를 지키는 삶

자기 자신이 어떤 사람인가를 알고 자신의 타고난 소질과 적성·능력을 알며 자기가 속한 환경을 알고 자기 주머니 사정을 아는 사람이 분수를 아는 사람이다. 자기의 분수를 아는 사람은 인생에서 실패하지 않는다. 자신이 가진 능력만큼 벌어서 번 만큼 쓰고 장래를 위해 예비할 줄 아는 사람, 분수를 아는 사람이기 때문이다.

분수는 한자로 분수(分數)라 쓰고 그 뜻은 '자기의 신분이나 처지에 알맞은 한도를 벗어나지 않는 것'이다. 수학에서는 한 정수를 다른 정수로 나누어 나오는 값을 말한다. 보통 우리가 '분수'에 맞는 삶이란 수학에서 남는 값과 같이 인간이 분별하는 슬기, 제 몸에 알맞은 값으로 매긴 삶이다. 나누어질 수 있는 분자가 나누는 분모보다 크면 가분수(假分數)가 되어 위쪽의 무게를 견디지 못해 쓰러지게 된다.

또 분모가 너무 커서 분자가 맥을 못 추어도 비참한 것이다. 이렇게 비교해 보는 것도 재미있다. 분수에 맞느니 안 맞느니 하는 기준은 무엇일까?

한때 과소비 풍조가 한창일 때 1백만 원짜리 월급쟁이가 사글세로 살아도 주차시설도 없음에도 중형차를 할부로 사고, 카드로 대형 오디오를 구입하고, 주말마다 외식하고, 또 차를 몰고 교외로 나가 콘도에서 숙식하는 가족여행을 하고, 여름에는 해외 피서 여행, 겨울에는 스키여행 등등 그야말로 흥청망청 허영에 들떠 살 때가 있었다. 매달 3, 40만원씩 적자 생활을 하다가 끝내 자동차 팔고 이사 가고, 오디오 팔아먹고 살다가 쪽박 찬 사람이 적지 않았다.

사람은 누구나 '자기의 수준'이란 것이 있다. 자기의 재정적 능력, 자기의 기술적 능력, 자기의 실력, 자기가 사는 환경 등을 총체적으로 말하는 것인데 비단 돈의 쓰임뿐만 아니다. '올라가지 못할 나무는 쳐다보지도 말라.'는 속담처럼 자기 자신의 몸에 맞는 옷을 입어야 예뻐 보이고 맵시가 난다. 너무 큰 옷을 입거나 너무 작은 옷을 입으면 어색하고 잘 어울리지 않는다.

자기 삶의 형식은 결국 자기의 분수에 맞아야 한다. 그렇지 않은 삶은 부자연스럽다. 오늘날 우리의 삶은 과연 분수에 맞는 삶인지 되새겨 보아야 한다. 공무원은 공무원대로, 기업인은 기업인대로, 학생은 학생대로, 주부는 주부대로 자기 분수에 맞는 삶을 영위하고 있는지를 반성해보아야 한다.

분수에 맞지 않게 사는 사람 중에 허풍을 떨며 남에게 과시하고 싶은 사람, 남을 속이려는 사람, 자기의 결함을 숨기려는 사람들이 많다. 자기의 진실을 감추기 위해서 진면목을 보여줄 수 없기 때문이다. 분수를 저버리고 사는 사람에 돌아오는 것은 아무런 것도 없다. 도리어 물질적 빚이나 정신적 빚을 안고 살아갈 수밖에 없다. 자제력이 없는 사람은 진정으로 성숙한 인격체라 할 수 없다. 우리나라 사람들은 유럽 사람이나 일본 사람에 비해 허영에 찬 삶을 사는 사람이 많으며 자기 내면세계를 충실하게 가꾸기보다 남이 나를 어떻게 보아주느냐에 모든 것을 걸어보는 실속 없는 삶을 사는 사람이 많다고 한다. 그렇게 살아봐야 결국 얻어지는 것은 무엇이 있겠는가? 처절한 낭패와 후회뿐일 것이다.

분수라는 한자가 말해주듯 수를 나누어서 분자와 분모가 같으면 1이 되고, 그것은 곧 모든 수의 출발점이 되는 것이다. 1 나누기 1, 1만 나누기 1만은 곧 1이 된다. 여기에는 손실이 없다. 자기의 한계까지를 다한 셈이다. 즉 분수를 지킨 것이다. 분수란 곧 자기 한계를 잘 지키는 것을 말하기 때문이다.

사람이 분수를 제대로 지킬 때 그 삶은 알차고, 실속 있는 삶이 될 것이다. 그리고 분수를 지키는 진실한 삶에 의미가 더해질 것이다.

분수에 관한 글을 읽고 생각하다 보니, 어린 시절 동네 서당에서 한학을 배울 때 훈장 선생님께서 늘 "분수를 알아야 한다. 분수를 지켜라, 분수를 지키면 적어도 실패하는 인생은 되지 않는다."라고 하시던 말씀이 귀에 쟁쟁하게 들려온다.

도전과 응전의 물결

21세기에는 생명공학(biotechnology) 즉, 생명(bio)과 기술(technology)이 급속도로 발전할 것이다. 생물의 유전, 생존, 성장, 자기제어, 물질대사, 정보 인식·처리 등을 연구하고 공학적으로 응용하여 인간의 삶에 필요한 대상을 만드는 시대가 도래한 것이다.

전통적으로는 박테리아를 이용한 김치와 치즈의 발효 및 유전교배를 통한 동식물의 육종(育種)이 대표적 발전의 예로 들 수 있다.

현대에는 유전자를 직접 조작하여 동물의 몸에서 인슐린과 같은 의약품을 생산해내거나 곡물의 생산을 증대하려는 시도가 주를 이루고 있다. 또 인간의 수명과 건강을 증진시키려는 목적하에 인간을 대상으로 한 연구와 기법도 빠르게 발전하고 있다.

이처럼 유전자공학과 생명공학이 발달하여 인공 심장, 인공 뇌를 이식시켜 새로운 인간을 창조하여 사람의 평균 수명이 120년을 살 수 있는 세상, 장밋빛 삶을 누구나 누릴 수 있는 거센 물결이 밀려오고 있다.

인공지능(AI), 사물인터넷(IoT), 자율운전 자동차, 가상현실(VR), 증강현실 (AR), 3D 프린터, 로봇, 우주여행, 비행 택시 등은 현재 실현되어 제품으로 출시 되었거나, 실생활에 사용되고 있다. 또한 개발 중에 있어 멀지 않아 실생활에 사용하거나 활용될 기술들이다. 이러한 기술 및 제품들이 점점 우리 삶 가까운 곳에서 실현되고 있으며, 다양한 대중매체를 통해 발전을 거듭하고 있는 첨단과학의 현주소이다.

이렇게 놀라운 생명공학, 유전자 공학, 과학기술의 발달 등으로 인하여 미래를 사는 인간의 삶의 구조도 크게 변하게 될 것이다. 즉, 직업의 선택에 있어서도 20대까지는 제도권 교육을 받아 직장을 얻어 열심히 살다가 60대에 은퇴하여 쉬다가 다시 일하고 싶으면 70대에 제도권 교육을 다시 받고 새로운 직종의 일자리를 찾아 100세까지 일할 수 있는 세상, 건강한 정력과 생활 의욕이 넘치는 그런 세상으로 가는 거센 물결이 밀려오고 있다.

각종 질병에 시달리며 살아온 사람은 인간의 장기와 가장 유사한 돼지의 장기를 사람에게 마음대로 바꿀 수 있는 세상이 되어 병고에서 해방되는 기쁨을 누릴 수 있는 첨단 의료기술의 거센 물결이 밀려오고 있다.

결혼 생활에서도 현재의 결혼 생활이 싫증 나면 고희에 신혼살림을 다시 꾸릴 수 있는 세상 제도적으로 신분이 보장되는 신 관혼상제도가 거센 물결로 밀려오고 있다.

또한 21세기에는 과학과 기술이 발달하고 인지가 발달하여 하느님의 창조 사업이 도전을 받고 있다. 하느님의 특허권을 눈 깜짝하지 않고 침해하는 거센 물결이 밀려오고 있다. 남녀가 결혼하여 열심히 사랑하여 분신 같은 자식을 얻는 기쁨도 사라진다고 한다. 회사가 운동화를 주문받아 주문받는 만큼 생산해내듯 자식인 '아들딸을' 주문을 받아 기계로 찍어내듯 아들딸이 쏟아지는 인조인간 첨단 제소기술의 서센 물결이 밀려오고 있디.

부모와 자식의 관계도 허물어지고 어른과 아이의 관계도 없어지고 사회를 통제하는 질서까지 없는 개인과 개인 관계도 오직 경쟁만이 존재하는 세상이, 사이보그 사회가 되고 사이보그가 지배하는 거센 물결이 밀려오고 있다.

학교도 필요 없고 교육을 받을 필요도 없는 세상, 오직 한 가지 정보만 공유하면 세상을 온전히 살아갈 수 있는 전통교육제도를 밀어내는 거센 물결이 밀려오고 있다.

가정과 사회 각종 조직도 속이 훤히 들여다보이는 투명한 사회가 되고 지역도 국가도 사라지고 지구촌 단일 정부가 수립되는 사회, 강과 바다와 산맥을 넘나드는 인터넷 천국의 물결이 거세게 밀려오고 있다.

덧붙여 빠른 속도로 밀려오는 '4차 산업혁명'은 정보통신기술(ICT)의 융합으로 이루어낸 혁명 시대를 예견한다. 18세기 초기 산업 혁명 이후 네 번째로 도래할 중요한 산업 시대이다. 이 혁명의 핵심은 인공지능, 로봇공학, 시물인디넷, 무인 운송 수단(무인 항공기, 무인 자동차), 3차원 인쇄, 나노 기술과 같은 6대 분야에서 발전을 거듭하고 있는 새로운 기술 혁신들이 파도처럼 밀려오고 있다.

이처럼 빠른 속도로 밀려오는 21세기의 도전과 응전의 물결에 몸을 가눌 수 없어 인간성이 상실될 것이다. 정신 바짝 차리지 않으면 변화에 적응할 수 없고 살아남기도 어려워 도태되고 말 것이다. 개인도 기업도 사회도 국가도 와르르 무너지는 사태가 벌어질 것이다.

도산 선생님의 애기애타(愛己愛他) 정신

"나 자신을 먼저 사랑하고 난 다음 남을 사랑하자."

애기애타의 정신은 도산 안창호 선생께서 하신 말씀이다.

그렇다. 나 자신을 사랑하지도 못하는 사람이 어찌 남을 사랑할 수 있겠는가? 나 자신을 온전히 사랑할 줄 알면 내 몸을 잘 닦고 잘 기르며 잘 단련하고 잘 아껴서 건강하게 살 수 있을 뿐 아니라 그 체력을 바탕으로 한 넘치는 힘으로 도움이 필요한 사람에 사랑의 손길을 뻗칠 수 있을 것이다.

자신을 사랑하는 방법을 나는 이렇게 생각한다.

먼저 건강한 몸과 건강한 정신을 함양한다.

아침 일찍 일어나 몸을 깨끗이 씻고 마음을 가다듬어 다리를 꼬고 반듯하게 앉아 눈을 반쯤 뜨고 일정한 곳을 응시하면서 숨을 고르게 쉬는 명상을 통해 오늘 하루 동안 무엇을 해야 할 것인가 생각한다.

어떻게 살아야 인간답게 사는 것인가? 무엇을 위해 살아야 하며 목숨 바쳐야 하는가? 주변 사람들과 어떻게 원만한 관계를 유지할 수 있는가? 무엇을 배워야 자유자재할 수 있는가? 많은 주변 사람들과 어떻게 상부상조하는가?

삶의 근본적인 물음을 화두로 삼아 분명한 증거로 사유하는 습관을 기른다.

다음으로 마음을 원만하게 닦아야 한다.

마음 밖 세상에는 나를 유혹하는 것들이 많은데 선과 악을 구별할 줄 알고 정의로운 행동과 불의를 구별할 수 있어야 한다. 악에 쉽게 물들지 않기 위해서는 독서를 통한 사유와 정의롭고 지혜로운 사람과 만남을 많이 가지면서 다양한 지식과 견문을 넓혀가야 한다.

아침 조간신문을 읽는다든지 관심 있는 분야의 전문서적을 읽는다든지, 또한 대중매체를 통한 뉴스와 논평을 자주 듣는다거나 개인의 취향과 적성에 맞는 종교 활동을 하는 것도 마음 닦는 방법의 하나로 권하고 싶다.

건강한 체력을 단련하기 위하여서는 아침저녁으로 냉수마찰을 하고, 공원을 산책하고, 등산도 하고, 달리기를 하며 몸과 체형과 체력에 맞는 운동을 규칙적으로 한다. 체력단련을 하면서 지나치게 과욕을 부려 운동량을 갑자기 늘리는 일은 삼가는 것이 좋다. 또한 너무 이른 아침이나 늦은 저녁의 운동은 몸에 해롭다. 왜냐하면 찬 공기를 마시는 것은 식도와 기도에 나쁜 영향을 주어 건강을 해칠 수 있기 때문이다. 특히 저녁 늦게 어둠 속에서 운동하는 것은 안전사고 예방을 위해서도 삼가 함이 좋을 것이다.

또한 나를 사랑하는 방법으로 영양과 칼로리를 고려한 식사를 하도록 한다. 특히 채소와 고기류, 생선류, 견과류 등 골고루 균형 있는 음식물을 섭취함으로 혈액을 맑게 하고 살찌지 않게 소식을 하며, 당이나 콜레스테롤이 높지 않게 관리를 잘하여 각종 질병을 예방할 수 있도록 섭생을 한다.

이렇게 나 자신을 사랑할 줄 알면, 비로소 나 외 다른 사람을 온전히 사랑할 수 있다. 이웃과 사회의 일원으로, 국가나 지방공공단체에 공직자로 봉사하거나 원하는 분야에 국가와 민족을 위하여 일할 수 있을 것이다.

평화 시에는 나라와 민족을 생각하여 가능한 한 국산품을 애용하는 애국심(愛國心)을 가져야 한다. 나라가 대내외적으로 해결해야 할 난제가 많을 때 나라를 근심 걱정하는 우국심(憂國心)을 발휘해야 한다. 나라가 풍전등화 위기에 처하면 목숨을 걸고 구국대열에 앞장서서 나라를 구하는 방법을 생각하고 어떻게 하는 것이 나라를 구할 수 있을까 지혜를 짜내는 구국심(救國心)을 발휘해야 할 것이다.

임진왜란처럼 국가적 존망 위기에 봉착했을 때 사명대사나 서산대사처럼 승려로서 구국대열에 합류하였고, 일제 치하에서는 녹두장군과 같은 일제에 저항하여 동학운동을 펼쳤으며, 민족의 주권을 잃었을 땐 주권을 찾기 위해 조국을 떠나 만주로 미국으로 유럽으로 떠돌면서 나라를 찾기 위해 동분서주한 민족의 영웅 안중근 의사나 이준 열사, 의병대장 김좌진 장군처럼 구국대열에 석극석으로 동참해야 할 것이다.

그렇다. 내 몸이 건강해야 누구를 돕든 돕지 않던 그 마음을 낼 수 있다. 내 몸이 건강하지 못하고 나약하다면 내 몸 지키기도 급급하다면 누구를 도울 수 있겠는가? 누구를 사랑할 수 있겠는가?

　진정으로 나 자신을 사랑할 줄 모르는 사람이 어찌 좋은 배우자와 화목한 가정을 이룰 수 있으며, 좋은 직장을 얻을 자격이 있겠는가? 능력을 보일 수 있겠는가? 살기 좋고 복된 나라를 만들 수 있겠는가?

　누군가를 사랑하고 싶고, 돕고 싶으면, 목숨 걸고 무엇인가 이루고 싶으면 먼저 '나를 사랑'할 줄 알아야 한다.

잘 살고 못사는 업장

이 땅에 태어난 사람은 먹고살기 위해 일을 하여야 한다.

선업이던 악업이던 업을 지어야 먹고 살 수 있다. 기본적인 생계가 해결되면 잘살아 보려 애를 써도 마음처럼 안되는 것이 인생사이며 업을 짓는 일이다. 잘 살고 못사는 것은 내가 지은 업에 따라 결정된다. 업에 따라 결정되는 것을 운명이라 하고 또는 숙명이라 한다.

다시 말해 인간을 포함해 모든 것들을 지배하는 힘에 의해 이미 정해져 있는 목숨이나 처지를 운명이라 하고, 날 때부터 타고나는 운명을 혹은 피할 수 없는 운명을 숙명이라고 한다.

이처럼 태어나면서 결정된 운명이나 숙명에 의해 선업이든 악업을 지으며 살아가야 하는 게 인간이다. 어떤 업을 짓느냐에 따라 잘 살고 못사는 것이 결정되니 전생의 업과 현생의 업에 대해서도 거론하지 않을 수 없다.

전생의 업은 현생의 삶에 있어서 행·불행으로 나타난다. 전생에 대해 불교 경전의 말씀을 보면 몸으로 짓는 죄업(身業), 입으로 짓는 죄업(口業), 마음으로 짓는 죄업(意業) 즉 삼업의 과보에 따라 잘 살고 못사는 것으로 결정된다고 하겠다. 전생에 몸으로나, 입으로나, 뜻으로나 선업을 많이 쌓았으면 현생에 복을 많이 받아 잘살게 되고, 악업을 많이 쌓았으면 현생에 복을 많이 받지 못하여 가난하게 살게 된다는 의미로 해석할 수 있다.

비단 경제적으로 잘 살고 못사는 것만 전생의 업에 따라 부자로 살고 가난하게 산다는 것은 결코 아니다. 얼굴이 잘생긴 것도 전생에 선업을 많이 쌓은 결과요. 못생긴 것도 전생에 선업보다는 악업을 많이 쌓은 결과요. 몸이 건강하고 약한 것도, 선한 부모를 만나는 것도, 고약한 부모를 만나는 것도, 재주가 있는 것도 없는 것도, 지위가 높은 것도 낮은 것도, 선한 친구를 만나는 것도, 악한 친구를 만나는 것도 모두 전생에 내가 쌓은 업의 결과에 따라 내가 받는 과보라 하면 옳은 생각일 것이다. 대체로 전생에 조상님 들이 쌓은 선업(공덕)이나, 내가 전생에 쌓은 선업(공덕)에 따라 현생에서 과보로 복을 많이 받아 잘 사느냐 못사느냐 결정된다.

그러나 현생에서 내가 잘사는 것이나 못 사는 것은, 선업을 많이 쌓았느냐 그렇지 않느냐에 따라 잘 살고 못사는 것이 결정되기도 한다.

다만 현생에서 잘 사는 것이 악행(악업)을 많이 쌓아 부정과 불법과 속임수로 부를 얻고 지위를 얻어 잘사는 것이라면 현생이 끝나기 전에 과보로 벌을 받게 되거나, 후손이 조상의 악업을 상속받게 되어 고통과 고난의 삶을 살아야 할 것이다.

범부들의 경우도 심심찮게 전생에 쌓은 업에 대한 과보인지 현생에 쌓은 업에 대한 과보 인지는 모르지만 그 삶이 끝나기 전 형극(荊棘)의 세월을 보내고 있는 실상을 기사를 통하여 접할 수 있다.

더구나 정가에서 안하무인 자유자재로 행동하고 거침없이 활약하며, 부와 권력을 누리다가 만년에 비참하게도 교도소에서 살거나 막대한 추징금을 묻는다는 방송이나 신문을 통하여 많이 본 것이 그 사례라 하겠다.

아무리 먹고살기가 어려워도 다른 사람에게 폭행하거나, 죽이지 않아도 될 생명을 살생 하거나, 나보다 약하고 힘없는 사람을 괴롭히거나, 조소하거나 비웃는 등 악업을 짓지 않아야 한다. 죽어가는 생명을 살려주고, 약한 자를 도와주는 등 몸으로 선업을 많이 지어야 한다.

거친 말, 사악한 말, 욕설의 말, 시기하고 질투하는 말, 비하하는 말, 화내는 목소리로 하는 말 등의 악업을 짓지 않고, 좋은 말, 고마운 말, 축하하는 말, 칭찬하는 말, 감사하다는 말, 용기를 주는 말, 용서한다는 말, 사랑한다는 말 등 입으로 선업을 많이 지어야 한다.

보지 않고 들리지 않는다고 미워하는 마음, 죽기를 바라는 마음, 망하기를 바라는 마음, 병나기를 바라는 마음으로 하는 악업을 짓지 않고, 원수를 용서하는 마음으로 사랑하고, 미운 사람일수록 사랑하는 마음으로 기도해주고 축원해주고, 환자나 고통 받고 있는 사람을 위하는 마음으로 빨리 안쾌되도록 기도해주고, 곧 죽을 병든 환자에게는 건강하게 장수하기를 바라는 마음으로 기도해주고, 알게 모르게 보시를 많이 하는 삶을 사는 등 선업을 많이 짓도록 노력해야 한다.

세상에 모든 사람은 살아 있는 동안 꼭 실천하여야 할 선업을 부처님께서

『십선업도경(十善業道經)』에서 이렇게 말씀하셨다.

"이 법이 곧 열 가지 선업의 길이 있으니, 무엇이 열 가지인가? 이른바 능히 산목숨을 죽이지 말라. 남의 것을 훔치지 말라. 삿된 행동을 하지 말라. 망령된 말을 하지 말라. 이간질하는 말을 하지 말라. 사악한 말을 하지 말라. 지나치게 꾸미는 말을 하지 말라. 탐욕스러운 마음을 내지 말라. 성내지 말라. 삿된 견해로 어리석은 말을 하거나 행동을 하지 말아라. 영원히 마음을 내지 않고 여의는 것이니라."

이와 같은 선업을 많이 쌓으면 악업은 줄어들거나 사라지고, 전생에 과보를 받아 현생에서 고통받고 있던 악업도 사라지고, 내가 현생에 태어나 지금까지 살아오는 과정에 쌓은 죄업도 사라지게 될 뿐만 아니라 점차 줄어들어 잘살게 될 수 있을 것이다.

이 글을 읽는 독자 여러분께서는 선업을 많이 쌓아 조상님들이 쌓은 악업과 내가 현생에 알게 모르게 쌓은 악업도 소멸하고 남은 삶 동안 복을 많이 받아 건강하게 오래 살길 기도드립니다.

인생 역전

내 안에는 남자와 여자가 공존하고 있다.

남자의 안에도 여자가 들어 있고, 여자의 안에도 남자가 들어 있다. 이 말은 남자이건 여자이건 한 사람의 몸은 남성성과 여성성 모두를 갖추고 있다. 그래서 음의 기운과 양의 기운이 공존한다는 말이다.

인간의 신체 즉, 몸은 구조직으로 다른 모양을 갖추고 있으나 여성은 여성성의 기능을 많이 하고, 남성은 남성성의 기능을 할 뿐이다. 어찌 남자인데 여성성을 가지고 있느냐? 여자인데 남성성을 가지고 있느냐 의아할 필요는 없다.

막대자석의 경우를 예로 들어본다면 막대자석을 가로로 자르면 두 개로 세

개로 열 개로 나누더라도 신기할 정도로 잘라 나누어진 자석은 양극 즉, S극과 N극은 절단하기 이전처럼 양극이 엄연히 존재하고 있어 그 기능을 다 한다는 점이다.

막대자석처럼 아무리 잘게 쪼개고 쪼개도 양극이 존재한다는 측면에서 사람도 남자건 여자이건 한 사람의 몸에는 두 가지 성 여성성인 음과 남성성인 양이 함께한다는 얘기다.

남자는 나이가 들어감에 따라 여성 호르몬이 많아지면서 TV보다가 눈물을 잘 흘리고 마음이 약해지고 목소리가 낮아지고 가늘어진다. 상대적으로 여성은 나이가 들어감에 따라 남성 호르몬 분비가 많아지면서 과감해지고 목소리는 커지고 거칠어진다. 부부가 생활하는 데 있어서 아내가 주도권을 장악하려는 의욕이 나이 들어갈수록 강해진다. 그래서 남자들은 나이가 들면 남성화 되어가는 여자를 못 이긴다고 한다.

이 말은 음이 강해지면 양을 제압하고 여성성에서 남성성으로 바뀐다는 것이다. 양이 강해지면 여성성을 제압하여 남성성에서 여성성으로 나약한 쪽으로 바뀌게 된다.

주식이나 증권의 경우에 주가의 상승과 하락곡선을 살펴보면 음의 기운이 강할 때는 하락폭이 커지고 일주일 내내 연속하여 폭락을 거듭하다가, 음의 기운이 더 이상 발현할 수 없을 때까지 떨어지다가 음의 기운이 양의 기운으로 바뀌어서 반등에 반등으로 주가가 상승하게(跳躍) 된다.

반대로 양의 기운이 강할 때는 주가가 계속 하늘 높은 줄 모르고 오르고 오른다. 특히 더 이상 오를 수 없을 것 같은데 계속 오르는 작전 종목이 아닌가 생각할 정도로 이상하리만큼 계속 오르다가 양의 기운이 떨어지면 다시 음의 기운이 소생하여 하향 곡선을 그리게 된다.

일 년을 두고 보면 12월 22일 동지가 음의 기운이 가장 강하고, 반대로 양의 기운이 가장 쇠약할 때이다. 그렇지만 동지가 지나면 서서히 양의 기운이 수승(殊勝)하여 반등에 반등을 계속하다가 6월 22일 하지를 그 정점으로 찍고 다시 양의 기운은 점점 쇠약해지고 음의 기운은 점점 강해지면서 동지에 그 음의 정점을 찍는다.

한 달을 두고도 초하루부터 보름까지는 양의 기운이 점점 상승하여 보름에는 양의 기운의 정점을 찍고, 보름이 지나면 양의 기운은 쇠약해지고 음의 기운은 점점 강해져서 그믐에 음의 기운이 정점을 찍게 되며, 하루를 보더라도 새벽 한 시부터 낮 12시까지는 양의 기운이 점점 강해져 정오가 되면 정점을 찍고, 정오부터는 양의 기운은 쇠약해지고 다시 음의 기운이 점점 강해져서 새벽 한 시가 되면 음의 기운이 정점을 찍게 된다.

세상 이치가 다 그렇다. 산이 높으면 계곡이 깊어지고, 낮이 길면 밤이 짧고, 밤이 길면 낮이 짧은 것도, 큰 나무가 있으면 작은 나무가 있는 것도 음양의 이치다. 높은 것은 양이고 낮은 것은 음이며, 움푹 파인 곳은 음이 되고 볼록 솟아난 것은 양이 되는 이치다.

이 세상에 존재하는 모든 유기체의 각 개체에는 양과 음이 동시에 존재하기 때문에 그렇다. 양과 음의 기운을 다 가지고 있는 유기체이므로 잘살고 못사는 깃도, 이거 내기가 힘들 징도로 심한 고통도 곧 사라지고 즐거운 때가 온다는 것을 잊지 말아야 한다. 어떤 경우에도 실망할 필요는 없다. 왜냐하면 현재 시점에서 힘들고 고달파도 느긋하게 기다리고 기다리면 한번은 좋은 시간이 오고 웃을 수 있는 날이 온다는 것을 기억하고 살아야 한다. 그래서 인생 역전의 기회가 온다는 것이다. 틀림없이 오는 것을 기다리지 못하면, 인생 역전은 결코 오지는 않을 것이고 행복한 세월도 기대할 수 없다.

　불운이 거듭 겹치고 설상가상으로 증폭되어 죽을 수밖에 없겠다 싶을 정도로 나락에 떨어져 모든 것을 포기하고 목을 매고 싶을 때쯤이면 음(不幸)의 기운이 다하였기 때문에 양의 기운(幸福)이 서서히 찾아들어 비로소 하는 일마다 이루어지고 성공을 거듭하게 되어 잘 사는 날이 그렇게 오는 줄도 모르게 올 것이다.

　결국은 양과 음의 기운이 돌고 돈다는 점을 잊지 말아야 한다.

　현재 시간이 양이면 곧 음이 돌아오고, 현재의 시간이 음이면 곧 양의 기운이 돌아온다. 좋아하거나 실망할 필요도 없다.

　한쪽만 있는 게 아니라 돌고 도는데 도는 과정이 서서히 한쪽 기운이 극대화됐다가 쇠락했다가 하는 과정을 계속 반복한다. 생과 멸이 끝없이 반복되기 때문에 음의 기운에서 양의 기운으로 도약하게 된다는 주장이다. 나의 기운이 돌아오는 시점에 조용히 힘과 체력을 다지면서 기다리면 된다는 점을 기억하길 바란다.

　이 땅에서 처음 양의 기운을 받아 태어났고, 죽을 때는 양의 기운은 다하고 음의 기운을 받아 흙 속에 묻히게 됨도 잊지 말아야 한다.

큰 나무가 바람을 많이 탄다

큰 나무일수록 나보다 더 큰 나무가 있는지 주변을 살펴보고 그 나무보다 높이 올라가려고 애를 쓰기도 한다. 큰 나무는 더 큰 나무가 되려는 욕심으로 꽉 차 있어 높이 오를수록 바람을 더 많이 탄다는 것을 생각할 마음에 여유가 없기 때문이다. 그래서 기를 써서 높이 올라가다가 아니면 정상에 오르게 되자마자 곧 비참하게 무너지거나 부러지는 쓰라린 모습을 보게 된다.

인명은 재천이란 말에 박수를

나는 인간으로 태어나서 성장 과정에 감기다 경기다 피부병이다 상처다 하루도 아프지 않은 날이 없고 성한 날이 없었다. 성인이 될 때까지 생사의 과정을 넘나들었다. 연과 팽이, 활, 썰매 등을 만드는 과정에서 연장을 잘못 다루어 다친 상처로 몸이 성할 날이 없었다. 더구나 허리 아래로 고름이 마를 날이 없어서 부모님의 애간징을 많이 태웠다. 지금 생각해보면 아토피라는 피부병이 아니었나 생각된다.

죽을 고비를 수없이 넘기면서 죽지 않고 고생을 하면서 지금까지 살아 있다.

첫 번째 죽을 고비는 세 살 때였다. 4살 위인 4촌 누나가 나를 엎고 쑥 캐러 밭과 논에 가서 논두렁 아래쪽으로 내려가다가 넘어지는 바람에 곁에 있는 웅덩이에 나를 빠뜨렸다.

세 살짜리 아이가 물속에 빠져 허우적거리고 있을 때 마침 함께 쑥 뜨으러 나온 키가 180센티나 되는 동네 누나가 웅덩이에 들어가 나를 건져 집으로 왔는데 이미 죽어 있었다. 어머니 아버지께서는 넋을 잃고 아랫목에 밀쳐놓았었는데 서너 시간이 지났을 때 다시 깨어났다고 어머니께서 들려주셨다.

두 번째 죽을 고비는 일곱 살 때였다. 두 살 아래인 한 동네 이웃집 면장 아들과 감을 따기 위해서 15미터나 되는 감나무 꼭대기까지 올라가 감을 따다가 썩은 감나무 가지가 부러지는 바람에 이웃집 장독대로 떨어졌다. 하지만 귀만 찢어지고 큰 부상이 없어서 "다이아찐"이라고 하는 왜관 미군 부대에서 흘러나온 미국제품의 연고를 바르고 나았다.

세 번째 죽을 고비는 열 살 때였다. 호기심이 많은 소년은 6·25 무렵 대동청년단 단장이었던 4촌 형님이 계셨는데. 4촌 형님 집 뒤란에 M1 소총 실탄 상자가 하나 있었다. 나는 몰래 그 총알을 훔쳐 불을 피워 놓고 총알을 불에 넣으면 꽝하고 터지는 것이 신기하고 재미있어서 형님 몰래 자주 그런 짓을 하였다. 화약에 관심이 많았고 폭발하는 것이 재미있어 화약으로 폭탄을 만들어 보려고 구하기 힘든 깡통에 넣어 쑥으로 만든 심지에 불을 붙이면 폭발력이 굉장했었다.

이러한 호기심이 발발하여 눈이 소복이 쌓인 겨울 어느 날 자다가 일어나 보니 집안에는 아무도 없고 나 혼자 있었다. 이때다 싶어 아버지께서 라이터 기름으로 쓸려고 소주병에 담아둔 휘발유병을 내려서 호롱불 앞에서 깡통에 부으려고 하니 갑자기 펑하고 방 전체가 불바다가 되었다. 불 속에서 허우적거리고 있을 때 여섯 살 위인 형님께서 놀다가 집에 도착하니 방안에 불이 훨훨 타는 것이 보였다. 뛰어와 문을 열어보니 내가 불 속에 허우적거리고 있었다 한다. 그래서 형님은 나를 안아 마당으로 던지고 이불을 덮어 불을 껐다고 하였다.

그 결과 한 달을 화상으로 인해 입원 치료하였고 몸에 화상 흔적이 남아 있다. 그래도 죽지 않고 살아났다. 호기심이 부른 결과였고 탐구심이 만든 상처였고 훈장이었다.

네 번째 죽을 고비는 열한 살 때였다. 저녁 해거름 소 풀을 뜯기다가 저수지에 멱 감으려 깊은 줄 모르고 들어갔는데 갑자기 팔다리에 쥐가 나서 허우적거리다 기를 써서 살려고 발버둥 치며 물가 쪽으로 나와 그만 정신을 잃고 쓰러져 있었다. 몇 시간이 지나서 얼굴을 툭툭 치는 느낌을 받고 눈을 떠보니 아버지셨다. 아버지께서는 상황을 살펴보시고 이해하신 듯 아무 말 없이 나를 일으켜 세우고 집에 가자 하셨다.

다섯 번째는 열다섯 살부터 스무 살까지 겪었던 죽을 고비였다. 지금 돌이켜 보면 피부병으로 아토피였다. 몸 전체에 열이 나고 가려워 긁으면 부스럼이 되어 고름이 생기고 진물이 나는 것이었다.

이런 자식을 둔 어머니는 이 한의원 저 한의원을 전전하면서 피부병을 고치려 안간힘을 쓰셨지만 효험이 없었다. 모든 의원들은 고칠 수 없는 고질병이라 하였다.

그럭저럭 세월이 흘러 스무 살이 될 무렵 동네 어른이 냉수마찰이 좋다 하여 매일 하였더니 피부병이 조금씩 진정이 되고 수그러들었다. 이런 자식을 둔 어머니는 불심으로 정성을 다하여 기도하시는 일 외 별다른 방법이 없었다.

스무 살이 되어 부모님 계시는 고향을 떠나 서울로 상경하고 난 뒤에 거짓

말처럼 피부병은 어디로 갔는지 사라지고 없었다.

여섯 번째 29세에 초임 교직에 발령받고 근무할 때 아랫배가 자주 꼭꼭 바늘로 찌르는 것 같아 병원에 갔더니 맹장염인 것 같다면서 수술을 하자 하여 마취를 하고 수술하였다. 지금 생각해보면 맹장염은 큰 병이 아닌 데 그때만 하더라도 개인적 마음으로 이제는 죽는구나 하는 마음이 든 것은 전신 마취한다는 데서 다시 한번 죽은 것으로 생각되었다.

맹장 수술 때문에 입원하여 일주일 있는 동안 얻은 교훈은 인간이 만든 음식물을 체내에서 모두 비우고 나면 동물적 본능이 작용하여 사람 냄새가 지독하고 독특하다는 것을 알게 되었다. 육식성 야생동물들은 사람이 얼마간의 거리에 떨어져 있어도 사람이 있음을 알 수 있는 것은 동물의 본능적 후각 기능이기도 하겠지만 맹수와 다른 바로 사람의 냄새 때문이라 생각한다.

일곱 번째 죽을 고비는 교직에 퇴직을 일 년 앞두고 명퇴를 하였는데 명퇴하자마자 대장암 수술을 하였다. 형님 칠순 잔치에서 축시를 낭송하는데 전신에 전율이 와서 부르르 떨렸다. 시 낭송을 하면서도 이상하다고 생각하였지만 참고 끝까지 마치고 귀가하였다. 3일이 지날 무렵 이상하게도 배가 점점 아파 오며 오른쪽 배가 부풀어 오르는 기분을 느낄 수 있었다. 그래서 검사를 받으러 병원에 갔더니 대장 검사를 해보라 해서 다음 날 검사를 하였더니 대장암 초기라 큰 병원으로 옮겨서 복강경 수술하고 항암 치료를 받게 되었다.

여덟 번째 맞게 된 죽을 고비는 2013년이었다. 아파트를 매매하고 단독 주택을 사서 입주할 날을 기다리다가 입주할 날이 되어 이사를 들어갔었다. 이삿짐을 장롱이나 책상 혼자 들 수 없는 것들은 제자리 배치하였지만 많은 이삿짐을 정리하지 않은 상태로 거실에 쌓아 두었다. 퇴직하여 한가한 내가 혼자 이삿짐을 정리하던 중 작은 가판대 비슷한 가구를 옥상으로 옮기려고 했다. 혼자 억지로 들고 열 한 계단을 거의 다 올라갔을 때쯤 가구가 계단에 걸려들어 올릴 수가 없어서 늦추었다가 다시 들어 올리려는 요량으로 늦추자 무게에 못 이겨 가구와 함께 우당탕탕 열 계단을 굴러서 떨어졌다.

그러나 다행히 크게 다친 데는 없고 대퇴골 옆쪽 엉덩이가 계단 모서리에 부딪혀 몹시 통증이 왔다. 병원에 가서 진찰을 받아보니 뼈가 부러진 곳은 없고 타박상만 크게 나서 금방 오른쪽 엉덩이에서 허벅지까지 멍이 시퍼렇게 들었다. 한 달 동안 통원치료 받고 완쾌되었다.

이 죽을 고비에 대해 양 의사나 한의사가 하는 말은 한결같이 목이 부러지거나 대퇴골이 부서질 수 있으며 팔구십은 죽을 수 있는 큰 사고였다고 하였다.

인명은 재천이란 말처럼 죽고 사는 것은 하늘에 달려 있다는 말이 실감 났다. 아직 죽을 때가 되지 않았다고 생각하였다.

그렇다. 사람이 죽고 사는 것은 하늘이 결정하는 일이다. 죽고 싶다고 죽는 것이 아니고, 살고 싶다고 살 수 있는 것도 아니다. 살 사람은 어떠한 악천후의 사건 사고를 당해도 죽지 않고, 죽을 사람은 죽기 싫어도 죽는다. 그것도 아무것도 아닌 일에 쉽게 죽는 것이 하늘의 뜻임을 알았다.

이제는 삶과 죽음에 내애 초월하고 산다.

보라, 꽃씨를 흙에 묻어놓고 싹 틔워 올라오길 바라지만 흙 속에서 싹틔우지 못하고 썩어서 죽기도 하고, 싹이 터 올라오다가 죽고, 떡잎 나기 전에 죽고, 줄기가 나오기 전에 죽고, 꽃피다가 죽고, 열매 맺다가 죽는 경우를 우리는 여기 저기서 본다.

하물며 한 사람의 인간으로 태어나 꽃도 피우고 열매도 맺었으니 언제 죽은들 어떠하랴. 이제 하늘이 건강하게 100세까지 천수를 누리다가 오라 하여도 감사, 감사하며 살다 갈 것이다. 이제 할 일 다 했으니 오라고 하면 즐거운 마음으로 언제든지 웃으면서 갈 준비가 다 되어 있다.

그러한 마음으로 천수를 누리고 살다가 마지막으로 선행을 하고 떠날 생각에 유명 의료재단에 나의 시신을 기증할 것을 약속하고 돈도 명예도 비우고 즐겁게 산다. 먹고 싶은 것 먹고 가고 싶은데 가보고 오늘 하루 신나게 사는 것이 남은 삶의 목적이며 나의 죽음에 대한 철학이다.

천문·인문·지문

역학적으로 천문은 이마의 주름으로 끊어지지 않고 가지런한 세 줄을 삼문 (三文) 즉 천문(天文), 인문(人文), 지문(地文)이라 한다. 맨 위의 천문은 초년의 운과 윗사람과의 관계를 말하며, 중간의 인문은 재운과 건강 친구를 말하며, 아래 지 문은 자손과 아랫사람과의 관계를 나타낸다. 세 줄이 뚜렷하고 끊어지지 않고 똑 같이 긴 주름이 모든 운이 좋다 한다. 물론 삼문이 뚜렷하게 좋아도 사람에 따라 환경에 따라 생활의 태도에 따라 실상은 꼭 좋지 않을 수도 있다.

천문의 의학적 정의는 사람의 머리 한가운데 있는 숫구멍이라고도 하며 대 천문(앞) 소천문(뒤)이 있다. 생후 일정 기간이 지나면 닫혀 없어진다. 신생아 또는 태아의 두개골 사이에 있는 연한 막의 구조물로 신생아의 뇌가 커짐에 따라 두개골을 신장시키고 변형될 수 있도록 하는 역할을 한다

학문적으로 천문을 말할 때 일월성신은 하늘의 무늬요. 하늘의 변화 우주 천체에 관한 연구 및 우주 안에 있는 여러 천체에 관한 온갖 현상을 연구하는 학문으로서 천체의 운행에 따라 역법을 연구하거나, 길흉을 점치는 일을 연구하기도 한다.

인문이라 할 때 인문은 시서예락(詩書禮樂), 문학, 역사, 사상, 예술로서 사람의 무늬를 말한다. 세월이 흐르고 인류문화가 점진적으로 발전함에 따라 인문이란 말도 라틴어로 휴마니타스(Humanitas)를 번역하면서 인문이라 썼고, 이후에 인간의 문화와 문명을 가리키는 말로 변했다. 오히려 인문이라는 동양의 뜻이 더 의미가 깊다고 하겠다.

인문은 과학 또는 인문학, 서양에서 인문학의 연구는 시민들에 대한 광범위한 교육의 기준으로서, 고대 그리스까지 거슬러 올라갈 수 있다. 로마 시대 동안에 4과(음악, 기하, 산술, 천문)와 함께 3학(문법, 수사, 논리) 등 7가지를 인문학에 포함하였다.

인문학이란 인문(人文), 곧 사람이 남긴 무늬(人文)에 대한 배움이다. 한자의 文에 해당하는 우리말은 "결"이다. 우리말에 결은 나무, 돌, 살갗 따위의 바탕에 드러난 무늬를 가리키는데 그런 무늬를 지칭하는 한자가 바로 문(文)이다. 흔히 문을 글자나 글월로 단정하지만, 글을 뜻하는 문의 본래 뜻은 무늬나 문양이다. 궁극적으로 인문은 사람살이의 결이나 그 색깔을 나타낸다.

하나님이 창조한 피조물마다 줄 켜 무늬 리듬으로 그 움직임의 자취를 드러내고 있다. 이를테면 물결, 바람결, 살결, 숨결이라고 하지 않는가.

지문(地文)은 산천 구릉 지택(池澤) 등 대지의 온갖 모양을 이르는 말로 땅의 무늬를 이르는 말 즉, 자연환경을 말한다.

천문(天文)은 하늘의 무늬 즉 하늘의 운(천운)을 의미하는 것으로 천운은 지문, 인문을 다 이루고 난 다음 천운을 기다린다는 의미로 진인사대천명이란 말이 있다. 천문이나 천운은 인간이 할 수 있는 일을 다 하고 최종적인 승패나 성사는 하늘이 결정하는 것이다.

인문은 인간이 목표 달성을 위해 온갖 수단 방법을 동원하여 성실하고 부지런하게 끈기 있게 노력하는 과정에 어떠한 준비도 충분하였고 법적으로도 하자 없고 내용에서도 충분히 이해하여 실력을 쌓았고 정당한 노력의 대가를 평가받으려는 겸허한 마음으로 하늘의 결정을 따라야 한다. 어디까지 인문(人文)은 사람이 할 수 있는 일을 다 하는 것이며 인적 환경 물적 환경 제도적 환경의 자질 면에서 부족함이 없는 환경이고 원만하고, 공부하는 환경, 투자 환경, 제조 환경 등이 부족함 없는 환경에서 최선을 다하는 것을 의미한다.

지문은 자연환경, 인적환경의 근본 바탕이 되는 것으로서 땅의 무늬를 말한다. 따라서 지문이 원만하고 인문이 잘 이루어졌다면 남은 것은 하늘의 뜻을 기다리는 일이다. 예를 들면 대통령 선거에서 세 후보 중 첫째 후보는 유권자 전체 지지율이 40%가 되고, 두 번째 후보는 지지율이 30%가 되고 세 번째 후보는 지지율이 20% 정도 되었을 때 누가 생각해도 첫째 후보가 당선될 것을 예측할 것이다. 그런데 갑자기 변수가 생겨 세 번째 후보가 후보에서 사퇴 기자회견을 하는 바람에 첫 번째 후보가 낙선하고 두 번째 후보가 당선된 경우의 얘기다.

세 번째 후보가 사퇴하지 않으면 대통령에 당선될 수 없는 환경이었는데 당선된 것은 세 번째 후보 지지자들이 10%씩 반반으로 나누어져 첫째 후보와 둘째 후보에게 지지율이 나누어졌더라면 당연히 첫째 후보가 당선되었을 것인데, 세 번째 지지자들은 첫째 후보를 지지하지 않고 20%가 두 번째 후보를 지지하여 두 번째 후보가 당선된 것은 천운이 따른 것이다.

이런 경우에 세 후보는 각자가 대통령에 당선되기 위해 최선을 다하였고 국민의 최종심판 즉 하늘의 뜻 천운을 기다리는 상황에서 뜻밖에 세 번째 후보가 사퇴하지 않고 투표를 하였다면 당연히 첫째 후보가 40% 지지율로 당선되었을 것이다. 두 번째 후보는 세 번째 후보가 사퇴함에 따라 천운에 의해 대통령에 당선된 것이다.

내가 생각에는 천문 인문 지문, 삼문을 논할 때 반드시 지문과 인문이 선결조건으로 원만하게 법적으로 절차적으로 원만하게 이루어져야 천운을 기다릴 수 있다.

지문과 인문이 좋으면 천문도 좋을 것이다. 상대적으로 지문 인문이 나쁘면 천문은 좋을 수 없을 것이다. 좋은 결과를 얻기 위해 지문 인문이 원만하고 충실할 때 가능함을 잊어서 안 된다.

참을 수 없을 만큼 외로우면 스스로 죽는다

-밤이 우는 소리-

어둠이 운다
서산에 해 떨어지고 땅거미지자
어둠이 운다
이 골목 저 골목을 헤집고 다니면서
잠 못 자도록 운다

쓸쓸히 뜬 눈으로 망부석 세우는 밤

깨어 있는 것들은 커튼 내리고 깊어 가는데
어둠은 외로워 외로워서 운다

두 눈 시퍼렇게 뜨고 어둠을 쫓는
올빼미 부엉이처럼
덩그러니 홀로 섬 되어보지 않으면 모른다
어둠이 왜 그렇게 우는 지를

유시화 시인이 "그대가 곁에 있어도 그대가 그립다" 표현한 것은 인간의 원초적 고독을 의미한다. 곁에 있어도 그립다는 말을 바꾸면 외롭다는 의미를 담고 있다. 외롭다는 것은 좀 더 철학적 용어로 바꿔보면 "고독(孤獨)"을 의미한다고 하겠다.

고독사는 홀로 고독하게 살다가 죽은 사람을 두고 한 말이다.

인간은 누구나 아니 모든 유기체는 독립된 개체로 홀로 우뚝 설 때부터 사실 외롭고 쓸쓸하고 고독하다. 태어날 때도 혼자 왔다가 한 세상을 살아갈 때도 혼자 살고 훌쩍 떠날 때도 혼자 가는 게 인생이기 때문이다. 그런데 어찌 그립지 않겠는가? 어찌 외롭고 고독하지 않겠는가?

사실 혼자 빈집에 덩그러니 앉아 있을 때 그것도 잠시 짧은 시간이 아니라 상당히 긴 시간 동안 즉, 한 달 두 달 일 년 십 년을 혼자 살고 있다면 그 외롭고 쓸쓸함을 어떻게 말로 다 표현할 수 있겠는가?

밥을 먹을 때도 혼자, TV를 볼 때도 혼자, 일할 때도 혼자, 잠을 잘 때도 혼자, 큰 집에 혼자서 덩그러니 외로운 섬으로 살면 얼마나 고독하고 외롭겠는가?

가족이 있어도 마음이 맞지 않아 혼자 떨어져 살 때나, 각자 하는 일의 특수성이나 하는 일이 바빠서 마주 앉아 식사도 담화도 함께 할 수 없을 때 외로움을 느끼지 않을 수 없을 것이다. 감정과 분노와 행복을 아는 인간이기에 외로움, 즉 고독을 느낄 수밖에 없는 것이다.

물론 사람에 따라 일생 동안 독신으로 살아온 신부님이나 스님들과 같은 성직자는 혼자 사는 것이 습관이 몸에 배어 있다. 종교에 귀의한 몸이기 때문에 신부는 기도하거나 찬양을 한다. 기도문을 쓰거나, 신학 공부, 봉사활동 등 바쁘게 생활하기 때문에 외로움을 느낄 사이가 적을 것이다.

스님들은 예불과 기도, 염불 정진, 참선, 경전 연구에 많은 시간을 쓰기 때문에 미쳐 외로움을 느끼지 못할지 모르나, 범부 중생들은 그렇지 않다. 여러분의 동료들과 어울려 일을 할 때나 식사를 할 때나 술을 마시고 노래를 할 때는 외로움을 느낄 사이가 없지만, 홀로 지내는 시간이 많은 사람은 애완동물을 기르면 동물과의 교감을 통해 외로움을 달래며 고독한 마음을 극복할 수 있으리라 생각된다. 하지만 원초적 외로움을 피할 수 없을 것이다.

외로움을 지독하게 느끼는 고독한 사람이 낮에는 친구를 만나 외로움을 달랠 수 있겠지만, 밤에는 어둠 속에서 홀로 섬으로 살아야 해 관계망이 끊어진 상태에서 절절하게 외로움을 느끼게 된다.

그것도 지독하게 외로움을 느끼고 고독하다고 생각될 때 외로움을 풀 수 없고 고독을 달랠 수 없을 때도 있다. 특히 몸이 불편하거나 아파서 움직일 수 없을 때 집안에 누워 있는 시간이 많을수록 절망을 느낄 수밖에 없을 것이다. 질밍의 늪에 빠진 사람이 택할 수밖에 없는 수단이 무엇이 있겠는가? 죽음의 길밖에 더 있겠는가?

가끔 신문 지상에 오르내리는 "고독사(孤獨死)" 기사를 보면 왠지 우울하다. 홀로 얼마나 외롭고 고독하게 살았으면 스스로 삶을 마감하거나 천수를 다 누리고 자연사하였더라도 누구 하나 찾아오는 사람 없이 쓸쓸히 죽어갔다. 누가 들어도 웃을 일은 아니잖은가? 혼자 살다 혼자 얼마나 외롭게 죽었기에 아무도 모르고 시신이 방치되어 있었을까. 이웃 사람들이 시체 상한 냄새 때문에 경찰에 신고하게 되고 세상에 알려진 기사가 현대를 사는 우리들과 내 앞에 닥친 현실이라는 사실을 직시해야 할 것이다.

가족과 관계가 활발하여 이삼 일에 한 번 정도 어떻게 살고 있는지 안부라도 묻고 건강 상태를 확인한다면 어느 정도 외로움과 고독을 달랠 수 있을지 모르지만, 그렇지 않은 독신자에겐 행정기관에서 통반장을 통하여 통 반 내에 독신자 수를 파악하여 일주일에 2~3회 정도 관찰 관리할 필요가 있다. 그렇게 하면 적어도 고독사한 사람의 시신이 많이 부패하지 않을 때 발견하고 그 가족에게 연락하여 준다면 빨리 시신을 수습할 기회를 놓치지 않을 것이다.

형상 있는 것들은 허망하다

"범소유상 개시허망(凡所有相 皆是虛妄)"이란 말은 무슨 뜻인가?

"무릇 형상 있는 것들은 모두 허망하다."라는 말이다.

금강경 여리실 견분에 나오는 사구게이다.

또 형상(形像)이란 무엇인가? 눈앞에 펼쳐져 있는 것, 손으로 만질 수 있는 것, 실체와 모양이 있고, 그림자가 있는 모든 유기체를 두고 한 말이다. 사람과 나무, 풀과 꽃, 그리고 날 짐승, 들 짐승, 산 짐승, 심지어 생명이 없는 무기체인 모래와 돌멩이, 바위와 산까지도 나는 형상이 있는 것으로서 허망한 존재에 포함한다.

왜냐면 모든 유기체는 언젠가 늙고 죽고 썩고 변하여 흙으로 돌아가고 나면 형상과 존재 자체가 사라지고 없어지기 때문이다. 살아서 천년 죽어서 천년을 산다는 주목 나무도 처음부터 주목 나무는 아니었다. 우리가 부르는 이름이 주목 나무인 저 나무는 잎도 무성하게 푸른 나무로 우뚝 서 천년을 살지만 천만 년 사는 것이 아니다. 천년 지나면 말라 죽고 다시 천년이 흐르는 동안 썩어서 분해되어 흔적조차 찾을 수 없이 사라지고 만다.

인간도 역시 형상 있는 존재로서 생로병사(生老病死) 즉, 태어나서 늙고 병들어 허망하게 죽는다. 그래서 형상 있는 것은 모두 허망하다고 한 것이다. 부처님은 '일체 법의 근본(一切諸法之本)'에서는 이렇게 말씀하셨다.

"내 이제 너희들을 위해 미묘한 법을 설명하리라. 이것은 처음도 좋고 중간도 좋으며 마지막도 좋다. 그 이치는 깊고 그윽하며 범행(凡行)을 청정하게 수행하는 것이니, 이 경의 이름은 '일체 법의 근본'이라고 하느니라. 너희들은 잘 사유하고 기억해야 한다."

"너희들도 흙을 관찰하여 그것을 사실 그대로 안다. '이것은 흙이다.'라고 그렇게 흙이라고 살펴 안다. 사실 그대로 이것은 흙이듯이 또한 이것은 물이고, 또 이것은 불이며, 또 이것은 바람이다. 이 4대가 합해서 사람이 된다. 어리석은 사람들은 그것을 좋아한다. 지수화풍 사대가 인연 따라 모이고 합을 이루어 온전한 생명체로서 생로병사라는 존재의 소멸 과정을 거쳐 흙의 성질은 흙으로 돌아가고, 물의 성질은 물로 돌아가고, 따뜻한 성질은 불로 돌아가고, 움직이는 기운은 바람으로 돌아가고 나면 형상도 존재 자체도 사라지고 만다."

이렇게 형상 있는 것들이 사라져 감을 보면 얼마나 허망한 존재인가? 문득 생겨났다가 문득 사라지는 존재가 아닌가? 나뭇가지를 흔들고 지나가는 바람 같은 존재가 아닌가?

형상이 있는 모든 유기체는 물론 심지어 인간의 마음까지도 허망한 것이다.

한 가지 생각이 일어나면 계속 머물러 있을 것 같지만 이내 처음 생각은 흩어지고 사라진다. 순간순간 마음이 생기고 변하고 사라진다. 형상이 없는 마음까지도 이처럼 '생주이멸(生住異滅)'이라는 과정을 통해 사라져 간다.

어디 사람의 마음뿐인가? 형상이 있는 우주도 성주괴공(成住壞空)의 과정을 거쳐 끝없이 생멸한다. 즉, 광대무변한 우주에는 하루에도 수십 수백 개의 새로운 구체인 별(新星)이 탄생하고 소멸된다고 한다. 새로운 별이 생성하였다가. 우주에 자전 공전의 주기를 거치면서 우주에 머물다가 늙고 변하여 끝내는 우주에서 소멸한다고 천체우주과학에서 생주이멸의 과정을 유위법(有爲法)으로 설명한다.

이처럼 형상이 있는 모든 것들이 허망하게 생멸을 거듭함을 볼 때 허망하고 무상한 존재로서 인간은 그 삶은 무얼 위해 살아야 하는지 어떻게 살아야 하는지 의문을 갖는 것은 불가피한 문제라 하겠다,

큰 나무가 바람을 많이 탄다

바람을 많이 타는 나무가 큰 나무이다. 큰 나무는 여럿 중에 키가 크고 머리가 높이 올라 서 있는 나무이다. 키가 크고 머리가 높이 솟아 있는 나무는 신체적으로 큰 나무일 수도 있고 잘나고 똑똑한 나무일 수도 있다. 주변에 키가 작은 나무보다 바람 앞에 선 나무가 어찌 바람을 많이 타지 않겠는가? 잘나고 똑똑한 나무가 시기와 질투를 많이 받지 않고 살 수 있겠는가?

정당하게 순서를 어기지 않고 열심히 노력하여 앞서고 높이 올라간 큰 나무가 근면 성실하여 햇빛과 물의 혜택까지를 누리고 즐겁게 부르는 새들의 노랫소리를 들을 수 있다. 그뿐만 아니라 다양한 보상을 많이 받는 나무일수록 경쟁자

나무로부터 견제를 받을 수밖에 없다. 큰 나무는 작은 나무의 햇빛을 막고 구름을 막고 새들의 노래까지 들을 수 없도록 권리와 혜택을 막기 때문에 견제와 제재를 받을 수밖에 없다.

그래서 큰 나무 곁에 경쟁자로서 함께 사는 작은 나무들은 큰 나무가 쓰러지길 바라거나 태풍이나 눈비에 무너지길 바라며, 나무꾼에게 도끼질을 당하길 은근히 바라는 게 작은 나무들의 솔직한 심정일 것이다. 언젠가 어느 때인가 큰 나무가 쓰러지거나 무너지면 내게도 높이 오를 수 있는 기회가 주어질 뿐 아니라 그동안 억눌린 보상을 받을 수 있기 때문이다.

때로는 못된 속물의 마음을 가진 키 작은 나무는 태풍을 불러와 큰 나무가 쓰러지도록 하거나 나무꾼에게 뇌물을 주어 베어서 제목으로 쓰라고 부추기거나 중상모략을 하기도 한다.

큰 나무일수록 나보다 더 큰 나무가 있는지 주변을 살펴보고 그 나무보다 높이 올라가려고 애를 쓰기도 한다. 큰 나무는 더 큰 나무가 되려는 욕심으로 꽉 차 있어 높이 오를수록 바람을 더 많이 탄다는 것을 생각할 마음에 여유가 없기 때문이다. 그래서 기를 써서 높이 올라가다가 아니면 정상에 오르게 되자마자 곧 비참하게 무너지거나 부러지는 쓰라린 모습을 보게 된다. 정상에 올라간 나무는 높이 올라간 보상이 얼마나 큰지를 뒤늦게 처절하게 알게 된다. 나중에 늦은 후회를 하게 된다.

마음을 비우고 작은 나무를 보고 살면 편하게 천수를 다 누리며 살 수 있는 것을 모르고 욕심 덩어리로 살아온 세월에 대한 필연적 업보이며 결과이다.

어렵고 어렵도다

어렵다는 말은 심리적으로 고통스럽다는 말이다.

사람은 태어나서 죽을 때까지 다양한 어려움을 겪게 된다. 이 땅에 태어난 모든 생명체는 나름대로 고통과 시련을 겪는다. 가난의 어려움, 신체적으로 아픔의 어려움, 뜻대로 되지 않는 데 대한 어려움, 비극을 접해야 하는 어려움은 모두가 절망에 가까운 것이다.

그러나 어려움이 부끄럽고 나쁜 것만 아니다. 왜냐면 전쟁이 끝나면 평화가 찾아오듯 어려움을 겪고 나면 안식과 희망이 찾아오기 때문이다.

앞서 살다간 세계의 위대한 인물들의 생애를 돌이켜 보아도 알 수 있다. 많은 갈등과 우여곡절을 거치고 난 뒤에 생애의 보람과 영광이 뒤따랐다. 고흐, 베토벤, 헬렌 켈러, 루즈벨트는 육체적 정신적 고통을 겪고 난 뒤에 위대한 화가로, 위대한 작곡가로, 위대한 인물로 위대한 대통령으로 영예를 얻게 되었다.

아인슈타인, 프랭클린, 플레밍, 에디슨은 좌절과 절망의 고통을 앓고 난 뒤에 위대한 업적을 쌓았고 위대한 인물이 된 사람들이다. 삼성그룹의 창업자 이병철 현대그룹의 창업자 정주영 등 국가경제건설에 이바지한 재벌들도 어려운 가정환경과 사회적 역경을 극복하고 난 뒤에 금자탑을 쌓아 올렸고 재벌그룹의 총수가 되었다. 어려움이란 참을 만한 고통이 아닌가?

어려움을 슬기롭게 극복하는 사람에게는 개인적으로는 승리와 영광이 따르고 부수적으로 사회가 안정되고 국가는 발전할 것이다.

그렇듯 개인, 가정, 사회, 국가도 셀 수 없을 만큼의 많은 어려움을 갖고 살 것이다. 누구나 갖는 어려움을 어떻게 '극복하느냐 못하느냐?'에 따라 승패가 결정된다. 어려움을 극복할 수 있는 인내와 끈기, 노력하는 자세, 절망에 빠지지 않고 다시 칠전팔기의 도전정신으로 일어서느냐 일어서지 못하느냐에 따라 행·불행이 결정된다.

어려움이란 목적달성을 위한 필연적 과정이기도 하다. 자유분방한 것보다 이렇게 질서를 지켜 시 있는 육사생도의 징렬된 아름다움이 바로 그런 것이다. 아침저녁 부모님께 문안 인사드리던 옛날 우리의 유교 정신도 어려움에서 나타나는 도덕적 전통적 아름다운 풍속이며 예절이었다.

개인생활 가정생활 사회생활 직장생활이 참으로 어렵고 또 어렵겠지만, 그 끝은 언제나 즐겁고 행복하며 희망이 있음을 잊지 말아야 한다.

인연 따라 얻어진다

날씨가 몹시 추운 겨울 여행이다.

지리산 청학동을 찾아가는 길이다. 친구랑 둘이 승용차를 타고 싸늘한 세상사를 맛보기 위해 오후 늦게 나선 걸음이다. 깊은 산골의 해는 짧다. 오후 다섯 시만 되어도 벌써 땅거미 지고 어둠이 밀려와 어둑어둑한 계곡을 타고 올라간다.

서울에서 청주를 거쳐 달려온 먼 길이라 시장기가 돌아 해결할 수 있는 집을 찾기 위해 계곡을 따라 줄지어 서 있는 민박집, 여관, 모텔 등의 문을 두드려 '저녁도 먹고, 잠도 잘 수도 있는 곳을 물어보았다.

청학동 계곡 초입에서부터 차례대로 문을 두드려 확인해 보았는데 집집마다 하나 같이 대답하는 말 '식사는 가능한데 잠은 잘 수 없겠습니다.' 아니면 '잠은 잘 수 있는데 식사는 할 수 없습니다.' 라고 한다.

길고 긴 계곡을 따라 올라가면서 곳곳에 물어보았지만, 식사가 가능하면 잠은 잘 수 없다. 잠은 잘 수 있는데 식사는 어렵다는 말을 들으며 계곡 끝까지 올라가서 더 이상 갈 곳이 없는 마지막 집의 문을 두드리고 앞서 질문한 것처럼 꼭 같이 물었다.

주인이 하는 말, '식사는 밥을 지으면 되고 잠자리는 불을 지펴 데우면 되니 걱정 마시고 어서 들어오세요.' 반갑게 맞이하였다. 주인은 방으로 안내하여 방석을 내놓으며 '앉으세요.' 라고 권하면서 '잠시만 기다리시면 금방 방은 따뜻해질 겁니다. 그리고 저녁상을 준비해 내 오겠습니다' 말을 마치고 문을 닫고 나갔다.

얼마의 시간이 지났을까 주인이 '식사 왔습니다.' 하면서 문을 열어놓고 저녁상을 들고 들어와 우리들 앞에 내려놓으면서 '시장 하실 텐데 어서 드세요.' 라고 권하면서 펴 놓은 이부자리 밑에 손을 넣어보더니 '따뜻해졌습니다.' 라고 말씀하시고 덧붙여서 하는 말 '문 앞에 화장실과 샤워할 수 있는 시설이 되어 있으니 씻으시고 쉬세요. 식사하신 상은 툇마루로 내어놓으시면 됩니다.' 하고 집주인은 나갔다.

금방 해온 밥상이 김이 무럭무럭 나는 밥상이었다. 숟가락을 들고 밥을 한 술 떠서 먹어보니 구슬구슬할 뿐 아니라 찰기 넘치는 부드러운 밥이 얼마나 맛있는지 형언할 수 없었다.

친구와 나는 만족한 저녁 밥상에 대해 합창을 하듯 찬사를 보냈다. 따뜻한 주인장의 마음씨에 감화 감동을 받았다. 우리가 그렇게 많은 식당과 민박집, 여관, 모텔을 들러 물어보았지만 식사나 잠을 잘 수 없었다고 했는데 이렇게 좋은 저녁상과 따뜻한 잠자리를 얻은 것은 주인장에게도 복이며 우리들의 복이라 생각하고 감사하고 감사하는 마음을 토로하였다.

저녁상을 물리고 친구와 나는 대화의 주제가 '인연'이 되었다. 좋은 인연이든 나쁜 인연이든 만나고 싶다고 만나는 것이 아니요. 만나기 싫다고 만날 수 없는 것이 아니다라는 논제가 설정되었다.

불법에서는 옷깃만 스쳐도 500생을 나고 다시 나야 가능한 인연이며, 부부는 7천 겁의 인연이며, 자식은 9천 겁의 인연이며, 스승과 친구의 인연은 1만 겁의 인연이 있어야 만날 수 있다 밝히고 있다. 여기서 겁 즉 1劫은 천지가 한 번 개벽(開闢)한 때부터 다음 개벽할 때까지의 동안이라는 뜻으로 계산할 수 없는 무한히 긴 시간을 일컫는 단위를 겁이라 한다.

둘레가 십리가 되는 거대한 바위가 천상과 땅으로 오르내리는 선녀의 치맛자락에 스쳐서 닳아 없어지는 세월이 겁이라 하였다.

'겁(劫)의 인연(因緣)'을 음미해 볼 때 우리가 부모 자식이 되고, 형제자매가 되고, 친구가 되고 스승과 제자의 사이가 되고, 동료가 되고, 주인과 손님이 되는 인연은 얼마나 귀하고 소중한 인연인가를 생각하며 잠자리에 들었다. 잠자리에서 누워서도 우리는 잠들지 못하고 밤새도록 인연을 얘기하다가 새벽녘에야 잠들게 되었다.

세월이 한 참 지났지만 청학동 저녁 식사와 잠자리를 제공해준 청학동 서당 김봉곤 형 되신 분에게 다시 한번 감사드리며, 하룻밤의 따뜻한 그 마음 그 인연을 잊을 수가 없다.

내게 이별이란 말은 없다

이별이란? 떼어 놓다, 가르다, 끊다, 헤어지다 등의 뜻으로 쓰이는 떠날 이(離)자와 나누다, 헤어지다, 갈라지다 등의 뜻으로 쓰는 별(別)자의 한자가 합쳐져 이별이라 쓰고 '헤어지다.'는 뜻으로 이해한다.

이(離)자만 써서 이별의 의미로 쓰지는 않으나. '별(別)'자를 어미로 쓰는 한 사로 사(死), 작(作), 석(惜), 결(訣)자와 어울리면 사별(死別), 작별(作別), 석별(惜別), 결별(訣別)로 쓰고, 혼(婚)자와 어울리면 이혼(離婚)이 된다.

여기서도 '별(別)'자가 공통분모가 되는 한자(漢字)이다. 이렇게 별로 좋은 의미로 쓰이지 않는 한자를 쓰게 될 때는 사귐이나 맺은 관계를 끊고 갈라서거나, 죽어서 서로 이별하게 되거나, 서로 인사를 나누고 헤어지게 되거나, 슬프고 안타깝게 이별하게 되거나, 부부가 서로의 합의나 재판 결과에 따라 혼인 관계를 끊고 헤어진다는 말로 쓴다.

'이별(離別)'은 대체로 연인관계나 친구 관계 사이에서 많이 발생할 수 있는 헤어짐이다. 이별의 당사자는 서로가 개성이 강하여 자기주장을 많이 하고, 상대방의 마음을 읽고 이해하거나 수용하지도 듣지도 않고 자기 말만 한다. 상대방의 아픈 곳을 자주 찔러 아프게 한다. 두 사람 사이 갈등이 계속될 때 어느 누가 먼저랄 것도 없이 상대방 면전에서 구두로 혹은 편지로 절교를 선언하는 방법으로 사귐이나 맺은 관계를 끊고 헤어지는 것이다.

'사별(死別)'은 깊이 정들었던 사람이나 고향산천 같은 자연과 헤어짐도 이별의 범위에 들어간다고 할 수 있으나, 사별이 문제가 되는 것은 어디까지나 사람들 사이에 발생하는 헤어짐이다. 한쪽은 죽고 한쪽만 살아남아 죽은 사람을 그리워하게 되는 것이 사별이라 한다. 여기서는 사람의 힘으로써는 어찌할 수 없는 이별이 사별(死別)이다. 한 사람이 죽음으로 헤어져야 하는 이별은 두 번 다시 이 땅에서는 사랑하는 사람의 그 모습을 볼 수 없고, 그 숨결도 느낄 수 없고, 그 목소리도 들을 수 없고, 그 체취도 맡을 수 없고, 그 그림자마저 볼 수 없기에 더욱 더 애통하고 절통하는 것이다. 죽음이 갈라놓는 이별은 사별이며, 두 사람 사이 인연이 다 했음을 인식하고 냉정하고 받아들여야 한다.

'작별(作別)'은 친구나 선배나 후배나 혹은 애인이 멀리 외국으로 이민을 떠날 때 마지막 인사로서 '우리 웃으면서 작별의 인사나 하고 헤어질까요? 언제 또 다시 만날 수 있는지 모르지만 부디 몸 건강하고 소망하는 일을 꼭 이루시길 바랍니다.' 라는 등 축하의 말과 헤어짐에 따른 섭섭한 마음 담아 나누는 인사를 하는 헤어짐이다.

'석별(惜別)'은 아끼다(惜), 나누다(別)의 한자어로 어쩔 수 없이 슬프고 안타깝게 이별해야 하거나, 애석하게 이별할 수밖에 없다는 뜻이다. 마음속으로 헤어지기 싫지만 거부할 수 없는 헤어지게 됨을 이른 말이다.

스코틀랜드의 민요 "Auld Lang Syne(올드 랭 사인)"에서 ㄱ 안타깝게 이별하는 마음이 묻어난다. 스코틀랜드의 시인 로버트 번스가 자기 시에다 1788년 작곡까지 하여 완성한 노래로 제목 Auld Lang Syne은 스코틀랜드의 방언으로 '그리운 옛날', '즐거운 옛날'의 뜻을 지닌다고 한다. 우리말로는 "석별의 정" 혹은 "석별"이란 제목으로 번역되어 한해를 마감하는 연말에 속절없이 한 해를 보내고, 나이까지 들어 이마엔 주름살이 늘어나는 등 다시 그리운 옛날로 돌아갈 수 없는 무상한 세월에 대한 애잔한 마음으로 부르는 노래이다.

우리나라 애국가를 안익태 선생이 작곡(1935년)하기 전에 그냥 가사만 있을 때(1900년경)는 이 올드랭사인의 곡조에 애국가 가사를 실어 불러보면 애잔한 마음을 더욱 고스란히 느끼게 하였다.

'결별(訣別)'은 기약 없는 이별을 이미 한다. 미아가 되어 고아로 살아온 사람의 경우나, 6 · 25 한국전쟁에 북녘땅에 가족을 두고 월남한 1천만 이산가족의 이별이다. 본인의 의사와 관계없이 외부의 영향으로 사랑하는 사람들과 헤어져서 만날 날을 기약하지 못하고 오랜 세월을 그리워하며 사는 사람들의 헤어짐이다.

'이혼(離婚)'은 혼인한 남녀가 생존 중에 성립된 결합 관계를 해소하는 행위이다. 이혼은 혼인의 본래 목적인 부부의 영속적 공동생활을 파기하고 사회 기초

단위인 가족의 해체를 초래하는 현상이다. 이는 혼인제도와 함께 나타나는 일반적인 현상으로 각 사회의 습속에 따라 다양하게 나타난다.

이혼 사유로 2016년 통계에 의하면, 배우자 부정(7%), 정신적ㆍ육체적 학대(3.6%), 가족 간 불화(7.4%), 경제문제(10.2%), 성격차이(45.2%), 건강문제(0.6%), 기타(19.9%), 미상(6.2%)으로 나타난다. 이런 통계적 사유는 외형일 뿐이고 실질적 사유로는 성격 차이라고 말을 한다.

'별거(別居)'도 이별의 한 형태로 빼놓을 수 없다. 왜냐하면 '별(別)'자가 들어간 별거(別居)는 부부나 한집안 식구가 따로 떨어져 사는 형태를 말하기 때문이다. 제한된 공간에서 가족으로 공존하는 동안 부부 사이의 갈등이나 부모와 자식 간의 갈등이 심화됨에 따라 거리를 두고 떨어져서 생활해 봄으로써 상호간 존재의 의미와 필요성을 느끼게 될 때 다시 합친다는 전제가 깔려 있는 이별이다.

어떻게 생각하면 이혼을 위한 사전 연습이며, 이혼하는 게 나은지 그렇지 않을지를 실험해보는 과정이 별거라 해도 좋을 것이다.

사별이나 석별, 결별은 피할 수 없는 운명이자 숙명이기 때문에 헤어질 수밖에 없어 이별해야 한다면, 작별과 이혼이나 별거 같은 이별은 마음을 어떻게 쓰느냐에 따라 피할 수 있는 이별임을 직시하고, 이별이란 말을 쓰지 않고 듣지 않고 보지 않고 살 수 있기를 바랄 뿐이다.

넓고 넓은 화엄의 바다

화엄경(華嚴經)은 부처님의 궁극적인 뜻을 전하는 주요한 가르침으로서 매우 심오한 철학이 담겨 있다.

한 점의 티끌이 날아올라도 그 속에서는 온 세상이 들어 있다. 한 떨기 꽃이 피어도 그 기운으로 온 세계가 흔들린다. 이를 미루어볼 때 이 우주의 기묘한 움직임과 변화를 어떻게 봐야 바로 보는 것일까?

먼저 모든 물질이 유기적으로 구성되어 생활하는 기능을 가지게 된 생물(有機體)이라 하더라도 태어날 때부터 인위적이 아닌 그대로의 성질인 자성이 없음을 알아야 한다. 모든 존재가 인연 따라 생기므로 자성이 없고, 자성이 없으므로 차별이 없어야 일체의 존재가 평등하다.

여래장에서는 '본래부터 중생의 마음속에 간직되어있는 여래의 청정한 성품'을 말한다. 그 내용은 중생의 마음속에는 본래부터 여래의 청정한 성품이 갈무리되어 있지만 번뇌에 가려 드러나지 않으므로 번뇌만 제거하면 그 성품이 드러나 깨달음을 이룬다는 것이다. 따라서 자신의 마음에 본래부터 여래의 청정한 성품이 내재되어 있음을 깨달아야 한다.

다시 여래장에서 성색진공(性色眞空)이라 부처의 불성은 본래 텅 비어 있지만 역시 참다운 색이 있어 청청한 본연은 주변 법계라 청정하고 미묘한 광명이 온 우주 법계에 충만해 있다. 천지우주는 무량광불이라 한 터라 구멍 가운데 무량한 부처님 세계가 깨끗하고 장엄한 조금도 줄어드는 법이 없이 그대로 원융무애하게 서로 걸림 없이 존재하고 있다.

그대로 둥글고 원만한 모양이라 걸림이 없어도 어디 일체 모든 존재가 제각기 다른 그대로 조금도 줄지 않고 서로 융통할 수 있는 법은 어디 있는가?

색과 공은 서로 하나이어서 구별이 없고, 성(性)과 상(相)은 서로 융합을 이루어 둘은 서로를 침해하지 않는다. 산은 높지 않아도 과거 현재 미래 티끌처럼 많은 시간을 품고, 강은 깊지 않아도 그 길이는 무엇보다 길고 길다. 부처님 세계는 한 찰나의 마음에 완전하게 융합되어 있어서 한 생각이 구세의 과거와 현재 미래를 동시에 품고 있다.

부처님께서 깨달은 진리의 본성인 불성이 나의 불성과 다르지 않고, 나의 불성과 개미의 불성이 차이가 없으니 이 불성에 한 번 들어서면 우주 모두가 다 불성뿐이다. 불성이 한 털구멍 속이라 하더라도 의미로 봐서 천지 우주가 거기에 다 포함된다.

바로 그렇다. 비로자나 부처님은 밖에 있는 것이 아니라 이 마음 그 자체인 것이다. 애당초 세상 만물을 이 마음이 만들어서 본 것이라 마음과 부처와 세상 모든 것이 다 같은 것이다.

화엄 사상은 법계연기(法界緣起) 개념을 기초로 하고 있다. 즉, 우주의 모든 사물은 그 어느 하나라도 홀로 일어나는 일이 없이 모두가 끝없는 시간과 공간 속에서 서로의 원인이 되며, 대립을 초월하여 하나로 융합하고 있다. 이 법계연기라는 개념은 특히 다른 종파의 연기설과 구별하기 위해 '무진연기(無盡緣起)'라 불리는 사법계(四法界)를 중심으로 살펴볼 수 있다.

낱낱 현상은 인연이 화합된 것이므로 서로 구별된다고 하는 사법계(事法界), 모든 현상의 본체는 동일하다는 이법계(理法界), 본체와 현상은 둘이 아니라 하나이고, 걸림 없이 서로 의존하고 있다. 마치 물이 곧 물결이고, 물결이 곧 물이어서 서로 걸림 없이 융합하는 것과 같다.

일체는 평등 속에서 차별을 보이고, 차별 속에서 평등을 나타내고 있다고 하는 이사무애법계(理事無礙法界)이며 이 모든 현상은 걸림 없이 서로가 서로를 받아들이고, 서로 서로를 비추면서 융합하고 있다. 이것이 곧 화엄의 무궁무진한 법계연기(法界緣起)이다. 일체의 대립을 떠난 화합과 조화의 세계이고, 걸림 없는 자재한 세계이다. 이것이 비로자나불의 세계이고, 화엄의 보살행은 이 사사무애의 세계를 드러내고 있다. 이는 사사무애법계(事事無礙法界) 등은 화엄 사상의 골자의 하나로 이해된다.

이처럼 화엄의 바다는 한없이 넓고 큰 바다를 가리키지만 그 바다는 밖에 있는 바다가 아니라 사람의 마음속에 있는 바다이다. 화엄의 바다는 이 이처럼 묘하고 묘한 신비한 도리를 담고 있다.

선문답 엿보기

선문답을 접해 읽다가 여기에 몇 담(談)을 옮겨 본다.

주말이다. 한가롭게 낮잠이나 잘 게 아니라 이러한 선문답을 읽고 곰곰이 음미해보면 또 다른 세계를 엿볼 수 있어 아주 흥미롭다.

1.

스님께서 수좌에게 묻기를 "그대가 생각할 때는 생각이 그대라 하고, 꿈이 있을 때는 꿈이 그대라 하고, 생각도 없고 꿈도 없을 때는 그대의 진면목이 무엇 인지 말씀 해보시게나." 수좌가 대답하기를 그것은 "내 몸의 주인공은 마음"이 아닌가 생각합니다.

스님께서 수좌에게 다시 답을 구하길 "그대의 마음이 주인이라면 만져 볼수 있는가? 그대의 마음을 나에게 보여 줄 수 있겠는가?"

수좌가 대답 대신 되묻기를 "예, 스님, 스님께서는 하늘이 어디 있습니까? 하늘이 있다면 그 하늘을 만져 볼 수 있겠습니까?"라고 되물었다.

스님께서 알았다는 듯 껄껄 웃으시었다.

2.

스님께서 수좌에게 또 묻기를 "지혜라고 하는 것이 어디에 있는가, 없는가?"

수좌가 대답하길 "예, 스님, 지혜는 어디에도 없습니다." 스님께서 되물으시길

"지혜가 없다면 아주 없는 것인가?"

수좌가 대답 대신 되묻기를 "스님, 바람이 있습니까? 있다면 어디 있습니까?" 되물어 여쭈니 스님께서 대답하시기를 "바람은 어디에도 없지."

수좌가 다시 묻기를 "그러면 바람은 아주 없는 것입니까?"

스님께서 껄껄 웃으시면서 "오늘은 내가 수좌의 올가미에 걸려 옴짝 달싹 못하게 되었구나?"

3.

수좌가 스님께 질문하기를 "스님, 세상 뭇 사람들은 모두가 다 행복해지려고 애를 쓰고 사는 데 행복은 어디에도 있고, 어디에도 없다고 한다면 옳은 말인지요?" 스님께서 대답하시길 "그대가 잘 알고 있듯이, 행복이란 어디에도 있고, 어디에도 없다고 할 수 있네."

"고구마 하나를 손에 들고 먹으면서 행복하다, 행복하다 하는 사람이 있는

가 하면, 금 거북이를 손에 들고도 모자란다, 모자란다고 하는 사람은 결코 행복할 수 없다 하겠네.” “그러니 행복은 어디에도 있고 어디에도 없는 것이 아니겠는가?.”

4.

조주 스님이 스승인 남전(南泉) 선사 휘하에 있을 때였다. 하루는 우물 누각에 올라가 물을 푸다가 남전 스님이 지나가는 것을 보고는 기둥을 끌어안고 다리를 버둥거리며 소리를 질렀다. “살려줘요, 살려줘요!: 남전 스님이 사다리를 오르면서 말하였다.” 하나, 둘, 셋, 넷, 다섯 “조주 스님은 잠시 후 남전 선사에게 가서 감사의 인사를 드렸다.” 조금 전에 구해주셔서 감사합니다.

5.

조산 스님께서 “응저도리(應底道理) 깨달음이란 무엇이더냐?” 이에 강상좌가 대답하기를 “여려처정(如驢覰井) 나귀가 물을 보는 것과 같습니다.”라고 대답하자. 조산 스님께서는 한참을 생각하며 고개를 못 마땅한 듯 흔들기만 했다. 답답했던 강상좌는 “그러면 도대체 깨달음이란 무엇입니까?”라고 몇 번을 되묻자. 그제야 조산 선사께서 강상좌가 한 말을 거꾸로 말씀하셨다.

“여려처정(如驢覰井)이 아니라 여처려정(如覰驢井)이니라.” “나귀가 물을 보듯 보는 것이 아니라. 물이 나귀를 보듯 살라는 말이다.” 놀랍지 않은가? 나귀가 물을 보는 것도 무념무상이지만 그래도 물이 나귀를 보는 것은 그야말로 무념무상의 경지에 이른 것이다.

선사들과 수좌들과 선문답은 ’장군하면, 멍군 ‘하고, 핵심을 빗겨서 변죽만 울리며 맞받아서 변죽만 울리는 등, 선사와 수좌의 대화는 항상 엉뚱한 데가 있어 액면 그대로 받아들이면 이해할 수 없게 된다. 우문현답 같은 맛도 있으나 화두로 던진 말의 저변에 깔려 있는 속뜻을 헤아려야 바른 답을 찾을 수 있는 것이다.

어쨌든 선문답은 엿듣다 보면 알 듯 말 듯, 수수께끼 같기도 하지만 복잡한 생각을 정리하려고 노력하다가 밝은 지혜와 변별력까지 생기게 된다. 특히 진리를 이해하게 되면 더욱 그렇다.

척하는 마음

~~인 척의 사전적 의미는 관형사형 어미 뒤에 쓰여, 그러한 행동이나 상태를 그럴듯하게 꾸밈을 나타내는 말이다.

잘난 사람이나 못난 사람이나 ~~척하면서 살아가는 게 인간이다. 있으면서 없는 척, 없으면서 있는 척하는 연기는 사람이나 동물이나 생존을 위한 수단이며 방법이다.

척하는 연기로 위기를 극복하고 생명을 지키고, 사업을 성공시키기도 한다. '척'은 인생을 꾸려 가는 변장술이며 기지의 소산이다. 척하는 연기가 별로 아름다운 것은 아니지만 그렇다고 나쁘다고도 할 수 없다. 생존경쟁을 하는 모든 동물의 세계에서 얼마든지 찾아볼 수 있는 현상들이기 때문이다.

교통위반을 한 사람이 경찰을 만나 딱지를 떼게 되면 처음에는 지위가 높은 척 갖은 위엄과 거드름으로 위압적이고도 강압적인 언사로 권위를 내세워 경찰을 압도하여 모면하려 하게 된다. 내가 누군데 … 경찰서장이 내 친구요, 검찰총장이 형님이라는 등 온갖 허세와 어깨를 높여가면서 위세를 떨어 봐도 별 효험이 없다고 생각되면 비로소 몸을 낮추게 된다.

상대가 강하다고 느낄 때는 비굴해지는 모습이 또 척의 모양이다. 워낙 급한 용무가 발생하여 급히 가다 보니 잘못된 것 같으니 용서하라고, 국가 경제발전을 위해 고군분투 노력을 하다가 술 한잔하고 이렇게 되었으니 이해해달라고, 용서해달라고, 면허증 뒷면에 만 원권 지폐 두어 장 넣어 건네면서 서로가 좋은 게 좋은 것이 아니냐고 감언이설로 사탕발림의 말을 늘어놓거나, 갑자기 어깨를 축 늘어뜨리고 목소리로 가다듬고 다정하게 다가서는 것도 지위가 낮은 '척', '척'의 격을 낮추어 위기를 벗어나려는 모양이 척의 의미, 정신, 형태의 하나이기도 하다.

부자가 돈을 쓸 때 '없는 척' 하는 모습을 많이 본다. 평생 돈을 써도 못다 쓸 정도의 부자이면서 허름한 작업복 차림으로 생활하는 모습이나 IMF시대 경제 사정이 좋지 않아 용돈이 메말랐다는 등 엄살을 부린다. 특히 찬조금을 내놓아야 할 경우에 엄살이 더욱 심하다.

공무원이나 월급을 받는 셀러리맨은 10만 원이라는 거금을 처지에 과분할 정도로 내놓는 데 비하여 똑같은 금액을 내놓으면서도 아까워서 수전증이라도 걸린 사람처럼 손을 벌벌 떤다. 화폐의 가치를 아는 사람의 대표적인 태도이며 돈을 모은 비결일지도 모른다.

밥 먹고 살만큼의 경제적 사정이 넉넉하지도 못하면서 '있는 척' 하는 모습도 이따금 본다. 현대를 사는 사람은 잘 차려입어야 푸대접받지 않고 밥이라도 얻어먹을 수 있다고들 한다. 그런 측면에서 보면 있는 척하는 것도 생존을 위한 방법일 수 있다. 끼니조차 어려우면서 100만 원짜리 양복에다 5만 원짜리 넥타이를 매고, 외제 승용차를 타고 휴대폰을 들고 다니는 사람도 얼마든지 많다.

내일이란 말은 그들에게는 별로 흥미 있는 말이 아니다. 하루 먹고 하루를 사는 사람의 모습에서 있는 척하는 왕자 병. 공주병을 앓고 있는 환자도 많다. 근면 성실하게 살아가는 소시민에는 바람직하지 못한 모습이 아닐 수 없다.

요조숙녀인 척 행동하고 말하고, 맵시 있는 척, 예절 바르고 교양 있는 척해도 집에서의 본성은 그러하지 않을 수 있다. 물론 교양이 있으면서도 때로는 교양 없는 척 막가파가 되어 욕설을 퍼붓고 발광을 하는 경우도 얼마든지 있다. 그것은 미완성의 인간이기 때문에 충분히 있을 수 있는 일이다.

또 하나의 '척의 의미와 형태'는 사람에게 찾을 수 있지만 동물에게 특히 많이 확인할 수 있는 모습이다. 상대와 싸움을 할 때 보면 목소리를 높여 으르렁거리기도 하고, 입을 크게 벌리기도 하고, 날개를 크게 펴 보이기도 하는 등 '힘이 넘치는 척' 행동하는 모습을 보게 된다. 힘이 있어 척하는 모습은 두려운 것도 무서운 것도 없다는 의사의 표현이지만, 힘이 없으면서 힘이 있는 척하는 모습은 허세에 불과한 행동의 양상이다.

그러나 막상 힘이 강한 상대를 만나면 기가 죽어 어깨를 축 늘어뜨리고 목소리는 작게, 눈은 내리깔고, 다 죽어가는 모습으로 상대에게 동정과 연민의 정을 느끼도록 '힘이 없는 척' 위장 전술을 쓴다. 곰을 만나면 죽은 척해야 살 수 있다는 것도 본능적으로 살아남기 위한 연기를 잘해야만 가능하다.

힘이 없으면서 있는 척하는 경우나 힘이 있으면서도 없는 척하는 경우는 본질적으로 다르다. 전자는 허세로 만용을 부리는 것이지만 후자는 겸손과 양보의 미덕으로 도량이 넓음을 보여주는 것이다. 공통점은 살아남기 위한 위장 전술이라는 사실이다.

지식이 없으면서 '지식이 있는 척' 하는 사람의 일반 형태는 상대를 설득시키는 과정에서 '내가 누군데, 내가 모 대학을 나온 사람인데, 내가 책을 몇 권이나 읽었는데, 내 친구가 모 대학 교수인데, 내가 그 분야에서 얼마나 일을 했는데'라고 목소리만을 높인다는 점이다. 인간의 도리나 위계질서를 무시하고 민주시민의 정신을 왜곡하면서 우격다짐, 약육강식, 적자생존 힘의 논리로 상대를 굴복시키고자 하는 모순에 찬 양태이다. 그런 반면에 '지식이 있으면서도 없는 척' 하는 경우는 지체가 높으면서도 목소리를 낮추고, 배경이 좋으면서도 몸을 낮추고, 신분을 드러내면 위기를 모면할 수 있는 데도 책임을 다하려고 겸손하게 처신하는 사람이다.

결국 지식이 없으면서 있는 척하는 경우는 바람직하지 않지만 있으면서 없는 척하는 것은 누구에게도 피해가 되지 않는다면 문제될 것이 없다.

사람은 알게 모르게 '~~인 척' 하는 연기를 하면서 살아간다. 때로는 지위가 낮아도 높은 척, 높아도 낮은 척, 경제력이 있으면서도 없는 척, 없으면서도 있는 척, 힘이 없으면서 있는 척, 있으면서도 없는 척 '~~인 척'의 연기를 열심히 하면서 살아가는 게 인간이다.

세상은 무대이고 인생은 배우라 하지 않던가? 거칠고 험난한 세상을 살아가자면 악마 같은 마음씨도 부처 같은 마음씨를 내면서 생을 보듬어 갈 수 있다. 척의 진정한 의미는 적재적소에 활용할 줄 알아야 한다. 다만 범죄를 하기 위해 누구를 속이기 위해 누구를 위해하거나 모함하기 위해서가 아니라면 '~~인 척' 해도 무방할 것이다. 척해도 웃으면서 봐줄 수밖에 없을 것이다. 그것이 '~~인 척' 하는 마음이며 척의 본래의 모습이기 때문이다.

돌담에 피는 민들레 꽃처럼

민들레는 지조를 꺾지 않는 선비를 닮았고 종족 보존에 대한 책임감이 강하다. 자기에게 주어진 의무를 성실하게 수행하려는 적극적인 태도를 보인다. 환경이 좋다 나쁘다 따지지 않고 살아간다. 아무리 열악한 환경이라 하더라도 잘 적응한다. 인내심과 끈기를 가지고 가장 성공적인 삶이 무언지 정확하게 깨닫고 있다. 또 자기 능력을 알고 목적을 달성하고자 하는 불굴의 집념과 의지를 지녔다. 많은 것을 탐하지도 않고 현실에 만족할 줄 아는 소박한 마음으로 산다.

5부

물 같은 사랑

물을 사랑한다.

뽕! 한 소리를 내며 떨어져 연잎에 맺힌 구슬 같은 저 물방울처럼 살고자 한다.

지구상에 사는 모든 생물체의 몸은 50~80%가 물로 구성되어 있다. 지구 표면의 3/4이 물로 채워져 있다는 사실만 보더라도 물의 효용성이나 필요성이 얼마나 큰가를 알 수 있다. 모든 생물체를 존재케 하는 것이 물이라는 사실을 직시하며 물을 사랑한다. 맑고 투명한 물을 사랑하지 않을 수 없다.

물의 종류로는 먹을 수 있는 우물물은 '먼물'이라 하고, 맑은 샘물은 '암물’이라고 하는데, 반대로 누렇게 탁하거나 짠맛이 있어서 허드렛물로 쓰이는 우물물은 ‘누렁물’이나 ‘여물’로 불린다. 잠깐 솟다가 이내 마르는 샘물은 ‘햇물’이라고 한다.

우물가나 수돗가에서 세숫대야 같은 데에 담긴 물을 가로로 쫙 퍼지게 끼얹는 물은 ‘나비물’이라 하고, 그때 튀는 크고 작은 물의 덩이를 ‘물똥’이라고 한다. ‘물 구슬’은 비나 이슬이 맺힌 동그란 물방울, 방울꽃은 꽃에 비유한 말이다. ‘물 구슬’이나 ‘방울꽃’ 같은 어여쁜 물도 ‘고장물’이나 ‘고지랑물’에 한 번 발을 담그면 돌이킬 수가 없다. 어여쁨 같은 것은 청춘과 마찬가지로 자취도 없이 사라지고 만다.

‘고장물’은 ‘구정물’의 작은 말인데 종기에서 고름이 빠진 뒤에 흐르는 ‘진물’을 뜻하기도 한다. ‘고지랑물’은 썩어서 된 더러운 물이다. ‘쇠지랑물’은 비 온 뒤 썩은 초가지붕에서 떨어지는 물이나 두엄무더기에서 흘러나오는 쇠지랑물 빛깔의 ‘낙숫물’, ‘추깃물’은 송장이 썩어서 흐르는 물로 나누어 볼 수 있다.

이와 같은 물의 구조(H_2O)를 보면 두 개의 수소 원자와 하나의 산소 원자의 결합으로 이루어져 있는 것이 물이다. 물의 성분은 다르겠지만 역시 물은 물이다. 어떤 물이라도 물의 근본 특성은 크게 다르지 않을 것이라 생각한다.

물은 어떤 물이라도 인간이 본받아야 할 덕목은 모두 다 가지고 있다. 이를테면 정화능력, 삼투압, 용해력, 응집력과 같은 속성과 양보, 겸손, 집념, 융통성, 사랑, 끈기 등 다양한 미덕을 지니고 있다.

물은 또한 아무리 멀고 험한 길이라 할지라도 바다라는 목표가 정해지면 앞으로, 아래로, 좁고 가파른 언덕을 지나 느릿느릿 흘러도 좋은, 시내를 거쳐 모인

물들이 강물을 이루어 중도에 포기하지 않고 끊임없이 바다를 향해 달려간다.

　물은 먼 길을 감에 따라 초조해하거나 서둘지도 않고 언제나 느긋하게 골이 좁으면 깊게 흐르고 넓으면 얕게 흐른다. 큰 바위가 길을 가로막으면 다투지 않고 돌아서 빗겨 가고, 길이 꼬불꼬불하면 꼬불꼬불한 대로 곧으면 곧은 대로 불평불만도 없이 묵묵히 앞만 보고 누가 앞서가는지 뒤처져 따라오는지를 살피지 않고 즐겁게 노래 부르며 흘러 바다로 달리는 물에서 끈기와 인내의 교훈을 얻는다.

　물은 아무리 열악한 환경에 처하더라도 지혜롭고 슬기롭게 극복하고 마침내 바다에 이르는 집념의 화신이며 인내의 화신이기도 한 것이 물이다. 그래서 물을 닮고 싶어 물을 사랑한다. 네 맛도 내 맛도 없이 그저 투명하게 맑고 맑아 거울을 닮은, 맑은 물 같은 사랑을 좋아한다.

　물 같은 사랑을 하고자, 깊고 크고 넓은 성현들의 밝은 선지식을 얻고자, 푸른 강물이 되어 푸른 강물 소리를 내며 쉬엄쉬엄 흐른다. 앞서 바다로 달려간 영웅호걸 열사 선남선녀들의 몸도 70%는 물로 구성되어있는 존재였다. 그분들을 닮아 그분들의 발자취를 거울삼아 달리다 보면 하늘과 태양과 달과 별을 품어 안는다. 언젠가 출렁이는 바다, 언제나 눈부시게 반짝이는 바다에 이를 것으로 믿고 오늘도 끊임없이 정진한다.

　물은 모든 동식물이 생존과 번영을 위하여 이 땅을 풍요롭게 덮고 가슴마다 소리 내어 흐르는 물을 사랑한다. 물을 닮은 삶을 살고자 한다.

　나도, 너도, 우리도, 가족 간에도, 사회 각 단체 간에도, 국민과 정부와의 관계도 물같이 서로 사랑하고 다독여 화합하며, 얼싸 품어 안는 물 같은 도량을 가졌으면 하는 꿈을 꾸어 본다.

흙의 사랑

흙은 모자라거나 부족함이 없다.

언제나 어머니처럼 넉넉하고 포근하다.

흙은 만물의 영장인 77억의 인류는 물론 100만 종이 넘는 모든 동물을 품어 안고 생존과 번영을 누리도록 해준다. 30만 종 이상이 되는 식물이 살아갈 수 있도록 보살펴주는 어머니와 같은 분이 바로 흙의 모습이고, 흙의 마음이며, 영원한 흙의 사랑이다.

흙은 지구나 달의 표면에 퇴적된 물질로 곧 땅거죽의 바위가 부서져서 이루어진 것과 동식물의 썩은 것이 섞인 물질을 말한다. 가루나 작은 알갱이 상태로

되어있으며, 식물을 자라게 하는 양분과 수분을 포함한 물질이다.

흙은 잘게 부서진 암석과 광물 파편으로 구성되어 0.02~2㎜ 입자로 된 사토(沙土) 모래흙이 있다. 모래가 진흙에 비해 비교적 적게 섞인 보드라운 사질양토(沙質壤土)가 있다. 나무나 풀이 썩어서 된 부엽토(腐葉土)가 있다. 입자가 지극히 미세한 암석 풍화작용에 의해 분해된 것으로 지름 0.01㎜ 이하로 물에 이기면 점성을 띄게 되는 점토(粘土)가 있다. 점토는 벽돌이나 기와, 도자기, 피부미용 재료로도 이용되는 흙이다. 그리고 생물 일부가 섞여서 된 물질이 20% 이상 섞인 비옥한 흙으로 부식토(腐植土)인 부토(腐土) 등 다양한 종류의 흙이 있다.

흙의 본질적 요소는 인간이 먹고 살아야 하는 식재료를 생산하는 데 근본 바탕이 되는 터전이다. 인간 존재의 바탕이며 인류가 사는 별이며 지구이며 땅덩어리이다. 끝없이 주기만 하는 내리사랑이 흙의 성질이다.

흙의 부차적 요소로 논, 밭, 과수원, 목장 등 동식물이 살아가는 터전을 이룰 뿐 아니라 도자기를 만들거나 집이나 담을 쌓을 때 이용되며, 미용 재료로 쓰이기도 한다.

흙은 장소에 따라 색깔이 다르며, 흙이 유래된 원래 암석의 영향을 받기 때문에 밝은색의 암석이 약해지고 부서져서 생긴 흙은 밝은색을 띠며, 검은색의 암석이 약해지고 부서져서 생긴 흙은 어두운 색깔을 띤다. 특히 철분이 많이 들어있는 흙은 붉은색을 띠며 거름기가 많으면 검은색을 띠게 된다.

대체로 논과 밭, 화단 등에는 식물이 잘 자라는 곳은 검은색이며 거름기가 많은 곳이다. 반대로 식물이 잘 자라지 못하는 곳은 모래가 많고 거름기 거의 없는 곳이다.

흙은 돌, 자갈, 모래나 더 작은 알갱이들과 식물의 잔해물로 이루어져 있다. 토양 공기와 토양 수분이 각각 25% 정도를 차지하고 있고 유기물은 5% 내외로

적은 부분을 차지하지만, 식물에 영양분을 공급하는 중요한 역할을 하고 있다.

이토록 흙이 중요한 까닭은 흙은 지구상의 생물이 살아가는 터전이며, 흙이 만들어지기까지는 매우 오랜 시간이 걸린다는 것이다.

암석인 바위가 비, 바람, 기온, 생물 등의 작용을 받아 부서지고 쪼개진 바위가 또 쪼개지고 잘게 부서져 흙이 되는 데에는 많은 시간이 걸린다. 대체로 1㎝의 흙이 만들어지는데 약 70년에서 200년의 세월이 걸린다고 지질학자들은 말한다.

흙은 할아버지 할머니 닮았으며 아버지 어머니와 같은 존재로, 오늘날을 있게 하고 살 수 있게 하는 귀하고 소중하기 때문에 잘 보존해야 함이 옳을 것이다. 등산을 가거나 야외로 들길을 걷거나 할 때 청소하는 습관을 기르며, 자신의 쓰레기는 다시 가져오도록 노력해야 하며, 비닐봉지, 과자 봉지, 휴지, 껌 등을 땅에 함부로 버리지 말아야 하며, 가정에서 합성 세제나 화학 약품 등의 사용을 줄여 토양 오염을 막아야 한다.

흙을 함부로 대하고 온전히 보존하지 못하면 흙도 죽게 된다. 흙도 생물과 같이 생로병사(生老病死)의 과정을 거치다 죽게 된다. 즉, 흙도 생물과 같이 생겨나고 성숙하며 병들고 죽게 되는 생명이 있는 자원이라는 인식을 우리 인간은 절실하게 공유해야 한다.

흙이 오랫동안 건강하게 온전한 삶을 유지 보존할 수 있도록 우리 주변을 되돌아보아야 한다. 심지어 생수를 외국의 먼 알래스카로부터 수입해 마시고 있는 현실을 볼 때, 우리가 관리를 소홀히 하면 흙도 수입할지 모른다는 끔찍한 상상을 해본다.

최근에는 도시농업으로 주말농장은 중요한 여가생활로 자리 잡아가고 있다.

　정부와 지방공공단체나 교육기관은 천년만년 후에도 지금처럼 자라나는 어린이의 고사리손에서부터 어른에 이르기까지 흙을 만져보면서 흙의 중요성을 체험하고 공감대를 형성히여 흙의 시랑, 흙의 소중함을 깊이 인식히도록 헤야 히겠다.

태양의 수명

　이른 아침에 찬란하게 떠오르는 태양을 보면 황홀하다. 태양을 향해 끌어안 듯 두 팔을 벌리고 햇살을 우러러 심호흡을 하면 어느덧 내가 세상을 다 가진 듯 밝고 찬란해진다. 따뜻하고 포근한 햇살은 곧 하늘의 축복이기 때문이다.

　문득 아름답고 눈부시게 찬란한 태양이 언제까지 살아남아 인류의 생존과 번영을 가져다줄까 하는 생각이 든다. 고맙고 감사한 마음으로 태양이 영원하길 바라면서 태양의 나이와 수명이 어떻게 될까? 호기심과 궁금증이 더하여 인터넷 과 각종 자료를 통해 탐구해 본다.

내가 태양에 대해 궁금한 점을 느끼듯 우리 조상들도 꼭 같은 생각을 했을 것이다. 그 증표가 다양한 역사와 문화 기록을 보면 태양은 숭배의 대상이며, 신으로 여겼다.

태양신이란 무엇인가? 나약하고 일회성의 짧은 삶을 사는 인간에 비해 전지전능 무소부재하고 영원불멸의 신이라 여기고 의지하였다. 인간이 힘들고 어려운 일이 있으면 다 해결해줄 것이라 믿고 온갖 정성과 제물을 차려놓고 간절한 마음으로 기도하였다.

태양신을 아버지 같이 우주를 지배하는 존재로 여겼을 것이다. 그만큼 태양의 존재에 대해 경외하고 공경하며 숭배하였을 것이다.

가장 강성했던 고대 문화 중 하나인 이집트에서는 태양을 라(La)라는 신으로 부르며 숭배했다. 태양을 신적 존재로 믿고 의지하는 것은 지구상에 존재하는 모든 유기체는 태양 빛의 에너지를 받아먹고 생존과 번영을 누리며 살고 있기 때문이다. 태양 에너지를 받지 못하면 존재할 수 없기 때문에 더욱더 의지할 수밖에 없다.

17세기 초까지만 하더라도 사람들은 태양을 아무런 흠집이 없는 완벽한 존재로 믿어 왔다. 그러다가 이탈리아 르네상스 말의 과학자 갈릴레오 갈릴레이가 자신이 만든 천체 망원경으로 태양을 관측하다가 태양에서 검은 반점 같은 흑점을 발견하였다. 이 발견을 동해 길릴레이는 태양은 왼진무결한 신적 존재가 아니라 천체우주의 항성의 하나로 자전을 한다는 사실을 밝혀냈다.

이때부터 태양은 천체우주 과학자들에 의해 신적 존재의 이미지를 벗고 과학적으로 천체우주 속에 하나의 항성으로 다시 태어난 것이다.

태양을 우러러보면서 내가 앞으로 몇 년 동안을 저토록 찬란한 태양의 에너지를 누리며 살 수 있을까? 태양의 나이가 얼마가 되고 얼마 더 인류에게 에너지를 공급해 줄 수 있을까 하는 궁금증이 점점 더 해간다.

천문학자들의 이야기로는 태양의 나이는 약 46억 년이나 되었으며, 태양이 태어난 고향은 어두운 가스 성운이라 하였다. 우주의 구름에는 짙은 곳과 옅은 곳이 있는데, 짙은 구름층이 뭉쳐서 원시 태양으로 수정되었다 한다. 그리고 태양 근처의 별은 뜨거운 열 때문에 바위로 덮여 버렸으며, 태양의 핵에너지가 빛과 열이 되어 46억 년 동안 태양계에 내리쬐고, 태양의 거대한 중력은 행성들을 궤도에 붙잡아 놓았는데 그 무리가 태양계라 하였다.

태양계는 태양을 중심으로 한 천체의 큰 무리를 말한다. 태양과 그 둘레를 돌고 있는 수성·금성·지구·화성·목성·토성·천왕성·해왕성·명왕성 등 9개의 행성이 있다. 또 그 행성의 둘레를 돌고 있는 위성들, 소행성·혜성·유성들이 모여 태양계를 이룬다고 하였다.

태양의 구성을 보면 태양의 표면은 대부분 수소(전체 질량의 약 74%, 전체 부피의 92%)와 헬륨(24~25%의 질량, 7%의 부피), 그밖에 철을 비롯한 니켈, 산소, 규소, 황, 마그네슘, 탄소, 네온, 칼슘, 베릴륨, 크로뮴 등으로 구성되어 있다 한다.

태양은 표면 온도가 약 5,860K로 맨눈에 보이는 태양은 흰색을 띠게 되는데, 태양빛이 대기를 지나면서 산란되어 노란색으로 보일 때가 있다. 이는 청색 광자가 선택적 산란으로 흩어지면서(하늘이 푸른 것은 이 때문) 남은 적색을 상쇄시키지 못하기 때문이다. 이 때문에 태양이 낮게 떠 있을 때에는, 주황색이나 적(赤)색을 띤 것으로 보인다고 한다.

태양의 내부 온도는 1,000만℃에 이르며 이온도는 수소 핵융합 반응이 일어날 수 있는 온도이다. 이 정도로 뜨거워야 지구를 비롯한 다른 행성들에게 보낼 충분한 에너지를 만들 수가 있는데 흑점은 약 2,000℃로 다른 부분에 비해 온도가 낮다 한다.

이렇게 태어나서 무리를 지어 모여 있는 태양계의 왕초인 태양은 그 수명이 얼마나 남았을까? 천체우주를 연구하는 천문학자들이 밝힌 자료를 보면 현재 태양계는 혈기 왕성한 청년기라고 한다. 앞으로 54억 년은 더 살 수 있다고 한다. 태양과 같은 항성의 평균 수명은 100억 년 정도라 한다. 100억 년이 지나면 태양 중심부의 수소가 모두 헬륨으로 바뀌고, 태양은 빨갛게 달아오르면서 점점 커진다. 그런 다음에 몸집이 점점 줄어든다. 그렇게 태양이 늙어서 죽게 된다는 것이다.

부처님은 인간이 생로병사(生老病死)의 과정을 거쳐 삶이 끝나고, 이 세상 모든 유기체와 무기체도 생주이멸(生住異滅)의 과정을 거치면서 사라진다고 하시면서, 천체우주의 수많은 항성들도 행성들도 모두 나서 머물다가 부서져 없어진다고 성주괴공(成住壞空)을 말씀하셨다. 그러니 태양도 어찌 영원하겠는가 나서 머물다가 늙어 죽는 것이 일체 존재에게 주어진 운명이다.

자 여기까지 태양의 나이와 수명이 얼마나 남았는지를 살펴보았다. 태양의 나이는 약 46억 년 앞으로 남은 수명은 약 54억 년이라 한다. 54억 년이란 길고 긴 시간이며 세월이다. 인간이 100년도 못 사는 데 비하여 1억 년이라고 해도 영원한 시간 같은데, 하물며 54억 년 남았다는 데에서 어떠한 문자나 언어로 남은 시간을 표현할 수 없다.

오늘 다시 아침을 맞이하여 찬란하게 떠오르는 태양을 바라보며 생각한다. 여기서 우리 인류가 살고 있다. 그리고 너무나 짧은 인간의 삶을 생각하며 '인간답게 사는 길이 무엇인가?' '아름답게 죽는 길은 무엇인가?'를 다시 한번 눈을 감고 생각해본다.

88올림픽 공원 산책로

'88올림픽 공원'을 산책 할 요량으로 가벼운 운동복 차림으로 대문을 열고 길을 나선다. 올림픽 공원을 한 바퀴 도는 데는 천천히 걸으면 두 시간, 좀 빠른 걸음으로 걸으면 1시간 30분 정도 소요된다. 실질적 거리는 아마 6~7㎞ 되지 않을까 짐작 된다.

불청객으로 찾아온 그놈의 코로나 때문에 마스크로 모두들 입과 코를 무장하고 걷고 있다. 무리 속에 휩쓸려 양재대로 길을 따라 20여 분 걸어가다 보면 어느덧 공원 북문 초입 청룡교를 건너간다. 운동복을 차려입은 남녀노소 할 것 없이 많은 사람들이 두 팔을 흔들며 씩씩하게 걷는다. "건강한 육체가 건강한 정신을 만들고 건강한 나라를 만든다."는 건강 슬로건을 상기해보면 왠지 건강해지는 느낌이 들어 기분이 좋다.

청룡다리를 건너 산책로를 따라 6여 분을 걸으면 무지개다리 100여 미터 위치에 몽촌토성역사관이 나온다. 몽촌토성역사관은 몽촌토성을 발굴할 당시 나온 유물을 전시해 놓고 어린이 박물관 비슷한 느낌으로 운영하고 있다. 그래서 그런지 평일에는 유치원생들이 선생님과 관람하기 위해 줄 서서 기다리는 모습을 종종 본다.

다양한 색깔의 무궁화 꽃과 산수유 꽃, 싸리 꽃이 피는 활짝 열린 길을 따라 팔을 휘저으며 10여 분 걷다 보면 곰말 다리가 나온다. 88호수가 다리를 중심으로 서쪽에는 큰 호수가 북쪽으로는 작은 호수가 위치해 있다.

산천은 의구하되 인걸은 끝없이 가고 오듯 호수 가장자리에는 개나리 창포 꽃과 이름 모르는 꽃들이 철 따라 피고 진다. 특히 개나리꽃이 만개할 땐 호수에 비치는 물그림자가 장관이다.

호수 가운데는 분수가 하늘로 솟구치다가 다시 제자리로 회귀하는 과정에 물보라를 날리는 시원한 모습을 보고 있노라면, 굳이 하늘로 날지도 올라가지도 못할 것을 기를 쓰고 솟구쳤다가 떨어지고 다시 솟구쳤다가 떨어지는 시지프스 신화를 떠올린다. 슬픈 시지프스의 운명을 생각한다.

호수에 노닐고 있는 오리와 분수를 희롱하는 제비를 보면서 7분 정도 더 가면 호수와 인접한 '만국기의 광장'이 왼쪽에 위치해 있고 '평화의 문 광장'은 오른쪽에 위치해 있다.

만국기 광장에 "올림픽은 1988년 9월 17일부터 10월 2일까지 16일간에 걸쳐 서울을 비롯한 한국의 주요 도시에서 개최되었고 전 세계에서 159개국 1만

3,304명의 선수단이 참가하여 올림픽대회 사상 최대 규모를 기록하였다."고 기록되어 있다. '화합과 전진'을 기본이념으로 88서울올림픽에 참가한 159개국의 깃발이 펄럭이는 모습을 보면 우리나라가 세계 속에 우뚝 서게 된 계기가 88올림픽이었다는 것을 생각하면 뿌듯한 민족적 자존감을 갖는다.

'평화의 문'이 하늘 높이 위용을 자랑하며 서 있다. 이 평화의 문은 한국의 대표적 건축가 김중업이 설계한 조형물로 올림픽공원의 대표적 상징물이자 정문 역할을 하고 있다. 평화를 상징하는 비둘기가 날개를 편 모습을 본떠서 만들었다고 전해진다. 앞에는 올림픽 엠블럼이 있으며 날개 부분 천장에는 서양화가 백금남 성균관대 교수의 사신도가 그려져 있다.

평화의 문 한 가운데에는 성화가 타고 있다. 천장 가운데가 뚫려있어 비가 내려도 계속 타오른다.

평화의 문을 뒤로 하고 3분 정도 더 걸어가면 올림픽공원 안에 있는 미술관으로(세계 5대 조각공원으로 70여점의 조각물이 전시된) 올림픽공원의 명성에 걸맞게 국민체육진흥공단이 경륜, 경정 및 스포츠 토토 사업 등으로 마련된 수익금을 기금으로 조성하여 2000년에 건립이 추진되어 2004년 9월에 개관되었다. 개관 당시 명칭은 '서울올림픽미술관'이었으나 2006년에 기존 명칭의 영문 이니셜인 SOMA(Seoul Olympic Museum of Art)를 따서 '소마미술관'으로 명칭을 변경한다. 2006년 국내 최초로 드로잉센터를 개관하여 드로잉 분야에 있어 독창적인 색깔을 추구하며 젊은 작가들의 창작활동을 지원하고 있다.

소마 미술관의 전시의 주된 줄기는 조각과 드로잉이지만 아이들이 재미있게 즐길 수 있는 전시도 종종 연다. 물의 이미지를 독특한 설치작품으로 표현한 'water_천진난만'(2014), 만화를 소재로 아이들의 상상력을 일깨운 '만화로 보는 세상'(2012), 창의성 개발에 초점을 맞춘 미디어 아트전 '앨리스 뮤지엄'(2009)이

전시된 작품이 대표적이다.

소마를 뒤로 하고 잔디 광장을 끼고 숲길로 3분 정도 걸어가면 한성백제박물관이 나온다. 한성백제박물관은 백제 시대 전기(기원전 18~475년)의 역사를 엿볼 수 있는 곳이다. 몽촌토성은 서울올림픽을 개최하기 위해 올림픽공원을 조성하면서 세상에 드러난 곳이다. 이곳에서 발견된 유물을 통해 몽촌토성이 백제 시대에 세워진 방어성이라는 사실도 알게 되었다. 백제의 678년 역사 중 무려 500여 년 동안 한성(지금의 서울)을 수도로 삼았다는 사실도 드러났다.

한성백제박물관에 전시된 유물로는 백제 시대 왕궁에서 쓰던 금동관모와 금동신발, 목조반가사유상 등 4,000점이 전시되어 있다. 학생들의 교육장으로 안성맞춤인 곳이다.

여기서 8분 정도 걸으면 들꽃마루 꽃밭과 원두막이 나온다. 주로 계절에 따라 다른 종류의 꽃을 심어 가꾸지만 대체로 오두막을 중심으로 서쪽에는 황하 코스모스가, 남쪽에는 풍접초가 울창하게 숲을 이루어 아름답게 피어있다.

봄에는 붉은빛 양귀비꽃과 자줏빛 수레국화가 가을에는 황하 코스모스와 풍접초 꽃으로 주를 이룬다. 청춘 남녀들이 데이트하면서 사진 촬영 장소로 아주 좋은 곳이기도 하다

3분어 걸어 장미 광장에 들어서면 중앙에서 부는 방향에 따라 모양이 달라지는 태극문양의 커다란 조형물이 서 있다. 여기를 기점으로 사방이 원형으로 조성된 공원에 장미꽃들이 피어있다. 장미 광장의 특징이라면 우리나라에서 육종한 5종의 장미꽃을 700백여 본을 감상하도록 배치해 놓았다는 것이다.

내가 제일 좋아하는 독일이 육종한 '모니카' 주황색 장미와 프랑스가 육종

한 '몽파르나스' 주홍색 장미, 미국 독일 프랑스 영국 네덜란드 일본 등에서 육종한 여러 종류의 장미 165여 종 20여 만 송이의 장미가 다양한 색깔을 자랑하며 향기를 뿜고 있다. 장미 광장의 장미꽃을 감상하다가 덤으로 이혜인, 박목월 등 우리나라 저명시인들의 '장미와 관련된 시'를 읽고 감상할 수 있는 기회까지 얻어 기분이 참 좋다. 무엇보다 다채로운 장미들이 화려한 자태로 나를 유혹하는 것 같아 발길을 돌릴 수가 없다.

올림픽공원 산책로를 따라 올림픽 홀과 테니스장을 지나 10여 분 걸으면 마지막 코스인 동문광장에 이른다. 이곳에는 중식당, 한식당, 양식당, 제과점, 커피숍이 다양하게 손님을 기다리고 있다. 커피숍에 들러 커피 한잔하고 집으로 방향을 돌아오는 길은 올림픽교를 건너 한국체육대학교 교문을 지나 담장을 끼고 둔촌 사거리를 지나 귀갓길에 오른다.

올림픽 공원 산책로를 따라 30여 년을 걸어 다녔다. 주변 시설물이나 조각, 각종 체육관, 박물관, 전시관에 대해서 올림픽 개최 초기에 한 번 정도 두루 살펴보았을 뿐 다양한 문화시설을 이용한 적은 별로 없는 편이었다.

앞으로는 올림픽 공원을 내 집 정원처럼 가꿀 수 있는 큰 축복에 항상 감사하며 산책만 할 것이 아니라 박물관, 미술관, 야외 조각물 190여 점도 감상하며 정서함양도 할 생각이다. 공원 내 체력 단련장에 가서 다양한 운동기구를 이용하면서 체력단련도 하리라 다짐하며 팔을 흔든다. 콧노래 부르며 보폭을 크게 하여 20분 정도 걸어서 집으로 돌아오게 된다.

시의 잎사귀

저 끝없는 우주로 흐르는 바람 머물다 가는 곳, 그곳이 유형·무형의 세계라 하더라도 괘념치 않는다. 어차피 머물다 가야 하는 인생일 진데……。

내가 숨 쉬고 내가 사는 작은 집이 좋고, 들꽃이 피어있는 간이역이 좋고, 발길을 세우는 빨간 우체통 앞이 좋고, 바람결에 고요히 흔들리는 그네가 있는 놀이터가 좋고, 독경 소리 은은하게 들리는 산사라면 더욱 좋다.

향긋한 냄새가 나는 나뭇잎이나 풀잎이 좋고, 뜰 밑에 곱게 핀 민들레 꽃잎이나 오월을 붉게 물들이는 향기로운 장미 꽃잎이면 더욱 좋다.

눈부신 햇빛이 좋고 해 맑은 달빛이 좋고 반짝이는 별빛이 좋다. 침묵하는 저 산과 바위가 좋고 가볍게 발부리를 울리면 구르는 돌멩이가 좋고 끝없이 속삭이는 저 모래 백사장이 좋다. 끝없이 출렁이는 바다의 파도 소리가 좋고 소리 내어 흐르는 강물이 좋고 노래하는 시냇물이 좋다.

말없이 나무처럼 서 있는 네가 좋고 내가 좋다. 그대의 따뜻한 정을 느낄 수 있는 사랑이나 차가움을 느낄 수 있는 슬픔이라도 어쩔 수 없이 좋다. 나는 머무는 꽃잎이다. 내 꽃잎에는 항상 몸과 마음이 머물고 사랑이 머물고 그리움이 머물고 기다림이 머물고 아픔이 머물고 고통이 머물고 있다. 괴로우면 괴로운 대로 슬프면 슬픈 대로 백천만겁 동안 지은 악업을 다 뒤집어쓰고 산다하더라도, 오늘 지금 이 순간 이 자리가 꽃자리이며 진정 행복한 낙원이기 때문이다.

내 꽃잎에 노래하는 마음으로 향기로운 시 한 편을 얻을 수 있다면 더더욱 좋을 것이다. 그저 세상 어떤 눈치도 안 보고 나만의 색깔로 꽃을 피우고 나만의 목소리로 노래 부를 수 있다면 그것이 진정 아름다움이자 행복이리라.

어쩌다 시를 알아 잠 못 들게 되었는가?

그것은 나의 운명이다. 숙명이다. 시를 쓰면 쓴다고 할수록 미로를 헤매는 혼돈의 마음이지만, 저 넓고 넓어 광활한 우주로 시의 바다 시의 바람길로 끝없이 흐를 뿐이다.

시인은 무당과 같다. 죽은 자의 소리를 듣고 산 자에게 전하고, 산자의 말을 죽은 자에게 전하는 영혼과 영혼을 이어주는 영매와 같은 사람이다. 예술을 하는 모든 사람들은 모두 영매의 역할을 하는 사람들이다. 시인 소설가 화가 조각가 작곡가 무용가 등, 예술가들은 인간의 감정을 움직이고 흔드는 사람들로 모두가 맑은 마음 맑은 영혼을 가져야 각자에게 주어진 역할을 잘 수행할 수 있다.

예술가가 연출하는 모든 작품에는 영혼을 불어넣어야 시가 되고 소설이 되고 음악이 되고 조각이 되고 춤이 된다. 영혼이 담기지 않는 작품은 예술로서 의미가 없기 때문이다.

시인이 보는 세상은 좋고 나쁨이 없다. 어떤 경우에도 작자와 독자, 연출가와 시청자, 노래를 부르는 사람과 듣는 사람 간에 상호작용으로 마음을 온전히 전달하고 온전히 전달받아야 하는 것이 예술이기 때문이다.

인간이라면 고독하지 않는 존재가 없다. 특히 예술가는 더욱더 고독하다. 로댕의 조각 '생각하는 사람' 의 얼굴을 떠올려 보라. 그러면 알게 될 것이다.

필생필멸의 법칙

　　필생필멸(必生必滅)은 반드시 태어난 것들은 반드시 죽는다는 법칙이며 철칙이다. 이와 구별되는 뜻으로 불생불멸(不生不滅)은 태어나지 않으면 죽지 않는다이다. 태어남과 죽음, 만들어짐과 사라짐의 양극단을 부정한 것이다.

　　일체의 모든 존재는 연기의 법칙에 의해 인과 연이 화합하면 만들어지고 이렇게 화합한 인연이 다하면 스스로 사라지는 것일 뿐이다. 예컨대 그대가 있고 내가 있다고 할 때 인(因)이 되어 그대와 내가 만나 서로 좋아하게 되고 사랑하게 되어 연(緣)을 만들어 너와 나는 결혼(果)을 하게 된다. 혹은 생선을 싼 종이에는 비린 냄새가 난다. 생선과 종이는 인이고, 생선을 쌀 수 있었던 것은 연이며, 생선 싼 종이에서는 비린 냄새가 나는 것은 과라 할 수 있다.

이처럼 모든 것은 원인이 되는 것과 결과가 되는 것을 일러 인과관계라 한다. 인과관계의 중간에는 연결해주는 연이 반드시 있게 마련이다. 그렇듯 태어난 것은 인이 되고 죽는 것은 과가 되는 것이다. 시작이 있으면 끝남이 있고 주는 것이 있으면 받는 것이 있다.

인과관계에는 끝없는 인과의 관계로 생로병사(生老病死) 혹은 생주이멸(生住異滅), 성주괴공(成住壞空)의 과정을 거치면 연이 소멸하게 되고 변하여 인과의 관계가 성립된다. 유기체인 인간도 식물도 동물도 우주의 모든 별도 궁극적으로 태어났기 때문에 죽게 된다는 논리다.

이 세상에 존재하는 모든 것은 위와 같이 인연생기(因緣生起)하여 인연소멸(因緣消滅)하게 된다. 그대와 내가 처음부터 즉 본래 있던 것이 아니라 인연 따라 생멸하듯, 존재도 본래 있는 것이 아니라 인연에 따라 생멸할 뿐이다. 본래 생멸이 있지 않다는 것이다.

그러나 우리들 범부의 눈으로 보면, 모든 존재가 실재적 생멸이 있는 것처럼 착각하게 되고 거기에 집착하게 되는 것이다. 바로 이러한 어리석음에서 벗어나도록 가르치기 위해 가장 먼저, 생과 멸에 대해서 긍정하고 있는 것이다. 사실은 부정이 아니라 생멸이란 고정된 실체적 관념을 타파하기 위해서 필(必)이란 긍정의 개념을 도입했을 뿐이다. 여기서 '필'이란 긍정의 의미라기보다는 '연기'의 의미로 이해함이 옳을 것이다. 인연생기하여 인연소멸하기 때문에 고정된 실세가 있다[필]는 의미라는 것이다.

이 '필생필멸'은 우리에게 존재 본성의 일회성을 시사하고 있다. 모든 존재가 태어난 것은 영원한 것도 아니며, 고정된 것도 아니며 반드시 사라지고 마는 색과 상은 일회성이라는 것이다. 다만 인연 따라 다른 모습으로 겉모양을 바꾸어 태어날 수 있을 뿐이다. 만주벌과 요동벌판을 누비던 광개토대왕도, 고려를 건국

한 태조 왕건도, 한글 창제하여 백성이 눈을 뜨게 한 세종대왕도 모두 모두 그렇게, 그렇게 한 세기를 풍미하다가 한 줌 흙으로 간 것이 필생필멸을 증거 해주는 사례라 할 수 있을 것이다.

인간은 물론 산과 들에 푸르름을 자랑하는 초목들을 보라. 반드시 태어났으니 세월이 흘러 백년을 살든 천년을 살든 반드시 죽어 말라비틀어지고 또 세월이 한 참 흐르고 난 뒤 썩어 흙이 되는 것을 관찰해 볼 수 있다. 저 태백산에 살아 천년 죽어 천년을 산다는 주목의 경우를 보라. 끝내 한 줌 흙으로 가지 않는가? 이 땅에 태어나는 것들은 반드시 죽게 된다는 것을 입증해주고 있지 않는가?

다만 불교에서 밝히고 있는 윤회 사상을 인정하면, 인간이든 동식물이든 언젠가 현생과 다른 몸을 받아 태어난다 한다. 이왕이면 좋은 모습으로 좋은 환경에 좋은 조건으로 태어나도록 선업을 많이 쌓는 것은 밑져봐야 본전이란 말처럼 나쁠 것도 없을 것이다.

선업을 많이 쌓으면 선과를 받아 인간이나 천신으로 태어난다 하고, 악업을 많이 쌓으면 악과를 받아 지옥에 떨어진다 한다. 탐욕으로 얼룩진 삶을 살다가 받는 과보는 아귀로 태어난다 하고, 불같이 성냄으로 받는 과보는 수라에 태어난다 한다. 어리석은 말과 행동함으로 받는 과보는 축생에 태어난다고 한다.

"반드시 태어나서 반드시 죽는다."

인간답게 선업을 많이 쌓는 삶을 살면 손해 볼 것 없으니 그대도 좋고 나도 좋을 것이다. 생멸 법을 적용받는 모든 인간과 유기체는 연기된 존재이기에 필생 필멸이며, 그렇기 때문에 공(空)인 것이다. 우리 모든 존재의 본성은 시간과 공간을 초월하여 영원하고 무한하여 본래 생과 사가 없기에 필생필멸이라 한 것이다.

일야 삼 몽몽(一夜三 夢夢)

꿈을 꾸는 것이 행복한가?

꿈을 꾸지 않는 것이 행복한가?

꿈이 많은 나는 누구를 만나든지 꿈 얘기를 직접 경험한 것처럼 이야기할 수 있어 좋고, 말할 거리가 많아서 좋다.

꿈에 대한 사자성어로는 '꿈에서 깨고 나면 손에 쥐는 것은 아무것도 없다.' 는 말로 허망함을 이르는 남가일몽, 일장춘몽, 감단지몽 등의 고사가 있다.

사람이 꾸는 허망한 꿈은 무의식 상태를 말한다. 그 상태 속에서 경험하게 되는 또 하나의 사고이다. 프로이드는 꿈은 소망에 대한 자기 충족이라 하고 "현실에서 실현 불가능한 것을 꿈속에서 이루어 보려는 인간의 노력이 잠재의식을 통해 나타나게 되는 것이 꿈이다."라고 정의하고 있다.

나는 대체로 밤 9시 30분에 잠자리 들어 아침 6시 30분경에 일어나는 편이다. 꿈을 꾸는 날 꿈을 꾸다가 깨면 1시간 정도 금강경이나 원각경 독송을 하다가 다시 잠이 들게 된다.

최근에 하룻밤 동안 세 번의 꿈을 꾼 이야기를 하고자 한다.

초저녁잠에 꾼 꿈이다.

날아다니고 싶은 열망이 많아 그런지, 내가 날개 달린 용마를 타고 초원을 마음껏 달리다가 하늘로 날아오르게 되었다. 그리고 무한한 하늘을 훨훨 날아다니면서 주변을 둘러보니 비행기 한 대가 날고 있었다. 비행기 날개 옆 창문을 열고 손을 흔드는 이가 있었다. 얼굴을 자세히 보니 일찍 대도시로 나가서 공부하고 명문대학을 졸업한 뒷집 동무가 아닌가? 나도 반갑다고 손을 흔들어주다가 말에서 떨어져 천길 땅바닥으로 떨어지는 꿈이었다.

너무도 생생하게 꾼 꿈을 깨고 나서 오랜만에 어릴 적 동무가 생각이 나서 전화를 걸었다. 어린 시절의 즐거운 추억을 시간 가는 줄 모르고 이야기했다. 그러나 지금은 퇴직한 상태에서 빈둥빈둥 세월을 죽이고 있다는 슬픈 현실로 돌아와 대화를 마무리하고 말았다.

자정에도 꿈을 꾸었다.

바둑 두기를 좋아해서 기원에 자주 다닌다. 친구랑 기원에 가서 바둑을 두었다. 나는 흑을 잡고 친구는 백을 잡고 두었다. 화점에서 소목으로 고목으로 포석을 하고 큰 곳을 찾아 세력을 넓힌다. 바둑이 중반전에 접어들고 끝내기를 생각할 때쯤이다. 판세를 읽어 보다가 죽어 있는 내 말을 살릴 수 없을까? 고심고

심(꿈心꿈心) 살펴보는데 눈이 번쩍 뜨이는 수가 보였다. 활로가 보여 기쁜 마음에 얼른 그곳에 착점하였더니, 백을 잡은 친구가 잡아 놓았던 큰 말이 살아서 달아나고 죽어가는 자기 말을 보더니 속임수를 썼다고 억지를 부렸다.

"자네와 나는 똑같이 바둑을 두면서 온 정신을 바둑판에 쏟고 있는데 자네는 내가 두는 것을 지켜보지 않았느냐? 속이는지 속이지 않는지를 보고 있지 않았느냐? 그런데 날 보고 속임수를 썼다고 한다면 말이 되느냐?"

큰소리로 따지고 묻고 답하다가 바둑판을 뒤집어엎고 기원이 난장판 되는 꿈을 꾼 것이다.

다음 날 친구랑 기원에 가서 바둑을 두는 데 어젯밤 꿈과 꼭 같은 상황이 벌어지지 않겠는가? 큰소리를 지르며 따지다가 문득 어젯밤 꿈이 생각나서 더 이상 말다툼하다가는 기원 사람들에게 창피만 당할 것 같아 얼른 마무리 짓고 말았다.

날이 새는 새벽녘에 꿈을 꾸었다.
친구를 만나기 위해서 지하철을 타고 가는 꿈이었다.
내가 탄 지하철 객차가 거의 만원이라서 등을 대고 밀고 밀리면서 가고 있었다. 젊은 청년 서너 사람이 내릴 것처럼 출구 쪽으로 나오면서 나를 감싸고 밀어붙이는 듯하더니 이내 내 바지 뒷주머니에 손이 닿는 느낌이 들었다. 내가 입은 옷은 청바지였고 지퍼를 달아서 단단하게 무장한 주머니였다. 지갑을 쉽게 빼낼 수 없어서인지 다시 시도할 적에 날카로운 칼날이 스치는 기분이 들어 주머니를 꽉 쥐고 버티었다. 내 손을 떨치면서까지 시도하는 것 같아 '아~악!' 큰소리를 질렀다. 면도날이 내 손을 자르는 것 같은 아픔을 느꼈기 때문이다. 얼마나 크게 소리 질렀는지 같이 자던 아내가 놀라 잠에서 깨는 꿈을 꾸었다.

다음 날 시내 외출할 일이 있어도 포기하고 집에서 독서하고 소일하며 보내고 외출을 하지 않았다.

다분히 예지적이며 예언적인 꿈의 일면까지 부정할 수는 없다. 미리 닥쳐올 재난을 예지하는 꿈을 꾸어 재난을 무사히 피했다거나, 횡재하게 되는 꿈을 꾸고 난 다음 그 꿈이 현실로 이루어져서 로또복권에 당첨되었다는 이야기를 신문을 통해 가끔 접할 수 있다.

물론 스트레스성 꿈을 꾸고도 꿈을 꾸었는지 꾸지 않았는지 혼란스러운 꿈을 꾸기도 한다.

꿈을 꾸고 다음 날 생생하게 기억하는 꿈은 정몽(正夢)이고 길몽이다. 꿈을 꾸기는 꾸었는데 무슨 꿈을 꾸었는지 기억이 날듯 말듯한 꿈은 잠든 상태도 깨어 있는 상태도 아닌 정신이 몽롱한 상태인 비몽사몽(非夢似夢)이다. 흉측하고 불길한 기운을 받는 꿈은 흉몽이라 하며 불길하고 무서운 꿈이 악몽이다.

이런 꿈은 너무 많은 것도 좋은 것이 아니며 꿈을 꾸지 않는 것도 결코 좋은 현상이라고는 볼 수 없다. 꿈을 꾼다는 것은 아직 살아 있음이며 희망이 있다는 말로 대변할 수 있기 때문이다.

돌담에 피는 민들레꽃처럼

울면서 왔구나
한 줄기
금빛 햇살을 물고

나비를 무등 태워
한 그루
봄 꽃 으로 왔구나

아프게

실바람 타고 멀리 날아와
꿈꾸는 세월을 지나

돌 틈에 박혀
한 아름
그리움을 피웠 구나

돌담에 박혀서도 아름답게 꿈을 피우는 꽃이 민들레꽃이다.

샛노랗게 피는 꽃으로 국화과에 속하며 생김새나 모양은 비록 작은 풀꽃이지만 국화꽃과 해바라기를 닮은 봄꽃이다. 안질뱅이, 무슨 둘레, 포공영이라 불려진다. 학명은 Taraxacum Mongolicam H. moss이며 꽃말은 노란 꽃은 "행복, 감사하는 마음"고 하얀 꽃은 "내 사랑 그대에게 드려요."로 알려져 있다.

민들레는 우리나라 전국의 산과 들, 길거리와 언덕 혹은 돌담에 박혀서도 곱게 피는 들꽃이다. 꽃피는 시기로는 3~4월부터 5월까지 간혹 늦게 일어난 민들레는 늦가을, 심하면 초겨울까지도 아름다운 생을 누리다 제 몸이 익어 바람에 훨훨 멀리 날아가 영토를 넓힌다. 키 높이는 2~30㎝로 잎이 로제트형이고 땅바닥에 배를 깔고 찰싹 달라붙어서 뿌리를 깊게 땅에 내린다. 몸을 최대한 낮추고 살아가는 아주 교양 있고 겸손한 수수한 서민의 꽃이다.

잎의 수는 적게는 5~7개 많게는 10~15개의 잎을 가지고 있다. 줄기에 해당하는 꽃대는 적게는 7~8개 많게는 12~15개의 꽃대를 가지고 있다. 꽃대 하나에 한 송이의 꽃을 피우고 꽃 한 송이에 8~90개의 갓 씨를 맺는다. 민들레 한 포기에서 생산되는 갓 씨는 작게는 7~800개, 많게는 1,200~1,500개의 종자를 번식하고 퍼뜨린다. 물론 꽃대에 모든 씨방이 100% 잘 영글어 종족 번식에 사명을 다할 수 있을지는 알 수 없지만 일 년에 1,000개 이상의 종자를 퍼뜨릴 수 있는 번식력이 좋은 풀꽃 식물이다.

민들레 갓 씨는 돌담에 박히고 시멘트벽에 붙어서, 빌딩 창틀에서도 싹을 틔워 뿌리를 내리고 잎을 내고 자라 꽃을 피운다. 갓 씨는 낙하산을 타고 하늘에서 내려오는 선녀처럼 바람을 타고 하늘을 마음껏 둥둥 떠서 자유롭게 유영하다가 마음에 드는 곳을 찾아 이상을 실현하는 꽃이다.

색깔은 깨물어주고 싶을 정도로 곱고, 순하고, 착하고, 소박해 그것이 진정한 빛깔이 아닌가 생각한다.

꽃향기는 별로다. 콤콤하게 구린내 비슷한 냄새가 나지만 그런대로 좋다. 벌과 나비를 유인하는 데는 아주 효과적인 냄새가 아닌가 생각된다. 고약한 향기는 자신을 지키기 위한 본능적 방어적인 역할을 하는 냄새로 추측된다. 마치 빛깔도 고운 장미꽃이 가시가 나 있는 것처럼 초식 동물들의 먹이가 되지 않기 위해서 나름으로 독성을 가지고 있어야 종족을 보존할 수 있기 때문이라 생각된다.

뿌리는 잔뿌리가 별로 없고 잎에 비해 오히려 굵고 튼튼하게 생겼다. 키 높이와 비슷한 뿌리 하나를 중심으로 살아가는 식물이다. 척박한 땅에 뿌리 내리자니 자연이 길어야 하고 건강해야 할 것은 자명한 이치다.

소나무가 땅속 깊이 구천(九泉)에 뿌리를 박고 사는 것처럼 민들레 뿌리도 길게 깊이 땅속에 뿌리를 내리고 산다. 땅속 깊은 곳의 수분을 흡수하여 생존을 유지하고 타고난 사명을 완수하기 위힘이다.

그래서 그런지 그 끈기 때문인지 약재로도 많이 쓰이며, 잎이나 뿌리 어느 하나도 버릴 것이 없다 하는 식물이다.

민들레를 좀 더 다양하게 살펴보면 재미있다.

민들레는 지조를 꺾지 않는 선비를 닮았고 종족 보존에 대한 책임감이 강하다. 자기에게 주어진 의무를 성실하게 수행하려는 적극적인 태도를 보인다. 환경이 좋다 나쁘다 따지지 않고 살아간다. 아무리 열악한 환경이라 하더라도 잘 적응한다. 인내심과 끈기를 가지고 가장 성공적인 삶이 무언지 정확하게 깨닫고 있다. 또 자기 능력을 알고 목적을 달성하고자 하는 불굴의 집념과 의지를 지녔다. 많은 것을 탐하지도 않고 현실에 만족할 줄 아는 소박한 마음으로 산다.

끊임없이 자신을 낮추며 사는 민들레꽃의 겸손함이 나를 달래준다. 한 마디로 민들레는 부모가 자식에게 주는 모든 덕목을 갖추고 있다. 선생님이 학생들에게 들려주는 모든 덕목을 갖추고 있다. 민들레는 어른들이 아이에게 들려주는 모든 덕목을 갖추고 있다. 나 혼자만 좋은 것을 갖고 살기에는 안타까워 멀리 바람을 타고 날아가 이웃에게 그리움을 전해주는 민들레가 좋아 나의 필명을 '포공영'이라 지었다.

아무 곳에나 주저앉아 아무것도 모른 채, 고운 햇살만 받고 살아 순진하게 하얀 이를 내밀며 웃는 새아씨의 부끄럼처럼 내 어깨 위에 깃들 때, 포근한 하늘이 모두 다 가슴으로 밀려 와, 평화로운 세상을 만들어주는 민들레꽃처럼 살고 싶다.

명상(冥想)의 장

"시간의 소중함을 알아야 성공할 수 있다."

공자님께서 "비록 짧은 시간이라도 가벼이 보내지 말라(一寸光陰不可輕)."고 말한 것이나, 서양의 격언 "시간이 금이다(Time is Gold).", "시간은 화살과 같다(Time is an Arrow)."고 한 것은 모두가 시간의 소중함과 시간이 빠르게 지나감을 이르는 말이다.

시간에 대한 개념을 지나치게 의식하지도 말고 무시하지도 말고, 시간을 헛되이 낭비하지 말고 한 시간 한 시간을 보람 있는 시간으로 보낼 때 비로소 의미 있는 삶을 누릴 수 있다.

"덕(德)을 쌓는 길."

덕을 쌓는 길은 다섯 가지의 중용을 취할 때 가능하다. 자식으로서 효도, 회사원으로서 성실 근면한 자세, 친구로서의 진정한 의리, 사회 성원으로서 협동 봉사하는 마음, 국민으로서 책임과 의무를 다하는 것이다.

덕 있는 사람 주변엔 인재가 구름처럼 모여든다. "덕 있는 사람은 외롭지 않다(德不孤必有隣)."라는 말처럼 험한 세상을 외롭지 않게 살 수 있다.

"나는 할 수 있다!(I CAN) 외쳐라."

"두드려라. 그리하면 열릴 것이오. 구하라. 그리하면 찾을 것이오."라는 성서의 말씀을 잊지 말고 살아야 한다. 아무리 어렵고 힘든 악조건에 처하여 살더라도 "나는 할 수 있다."라는 가능성을 마음속 깊이 아로새겨보자! 나의 내면에 깊이 뿌리 내리고 있는 잠재능력과 자질, 그리고 소질과 흥미, 취미를 일깨워 줄 것이다.

"나는 할 수 있다."

"무엇이든 잘할 수 있다. 잘할 수 있다. 얼마든지 잘할 수 있다."

머피의 성공법칙으로 내 잠재의식에 힘을 불어넣어라. 내가 살아온 지난날의 실패에 대한 아픈 기억은 모두 지워 버리고 불가능하다고 생각했던 모든 의식도 지워버리고, 살아갈 날 들을 위하여 "I CAN DO IT!"을 힘 있게 큰소리로 외쳐보자.

"I can"

다시 한번 외쳐보자!

"독서(讀書)의 의미를 알아야 한다."

독서를 하지 않는 사람은 책 속에 넓은 평야가 있는지, 높은 산이 있는지,

깊은 바다가 있는지, 그리움이 있는지를 모른다.

책장을 즐겨 넘기지 않는 사람은 그 속에 바람이 사는지, 세상을 밝혀주는 등대가 있는지, 자유의 진정한 의미가 무엇인지 알지 못한다.

"욕심(欲心)은 이상(理想)이다."

이상은 미래에 대해 갖는 기대이며 꿈이다. 유년기에는 이상의 씨앗을 준비하고, 소년기에는 이상의 씨앗을 싹틔우고, 청소년기에는 이상의 묘목을 열심히 가꾸고, 청년기에는 이상의 나무를 크게 키우며 다양한 경험을 통해 자질과 능력을 향상시켜 사회로 진출해야 한다.

장년기에는 이상의 꽃을 아름답게 피워 만인에게 향기로 즐겁게 해주고, 노년기에는 달고 맛있는 열매를 수확하여 인류와 사회에 풍요와 행복을 누릴 수 있도록 해 주어야 한다.

"가장 무료할 때가 행복한 시간이다."

가장 무능하고 용맹이 없다고 생각될 때 행복하다. 강태공처럼 세월을 낚고 있을 때가 행복하다. 가장 무료하다고 생각할 때가 가장 행복하다.

위대한 문학과 사상의 발전은 붉은 피가 숨겨져 있는 평화로운 시대(춘추전국시대)에 가능했다. 공자와 맹자, 노자, 장자와 같은 위대한 사상가와 많은 학파가 등장하고 학문이 발전하게 되었다.

아무런 일도 일어나지 않는 평온한 시간이리야 들녘에 한가롭게 흔들리는 풀꽃의 몸짓을 느낄 수 있다.

"혜안(慧眼)을 가져라."

인생의 3대 기회 즉, "공부할 기회, 취직할 기회, 결혼할 기회"를 잘 잡아야 한다. 눈을 크게 뜨고 귀를 크게 열고 심신을 가다듬고 완전무장을 하여, 기회가 다가오는 소리를 듣고 기회의 참모습인가 확인하고 기회가 오가는 길목을 지키고 있다가 한 번에 사로잡아야 한다. 부자가 될 기회 출세할 기회 건강하게 살 기회 행복하게 살 기회를 놓치지 말아야 한다.

기회를 놓치지 않기 위해서는 기회가 왔을 때 놓치지 않고 잡을 줄 아는 혜안이 필요하다.

"힘(Power)의 가치를 생각하라!"

한 인간이 생을 보듬어 가는 데 힘이 필요하다. 즉, 육체적인 힘 지식의 힘 그리고 물질의 힘 세 가지가 있다.

그중에 최소한 하나의 힘은 확실하게 가져야 사람다운 삶을 살 수 있다. 사람은 남녀노소 불구하고 지력과 체력을 키워야 한다. 지력과 체력이 있으면 경제력은 부수적으로 얻을 수 있기 때문에 강한 힘을 키우는데 게을리하지 말아야 한다. 힘 있는 인생 힘 있는 가정 힘 있는 사회 힘 있는 국가가 된다. 그래야 제2의 6 · 25나 IMF가 두려울 게 없다.

Over a Wall Prose
7

민들레꽃처럼

2021년 9월 10일 초판 1쇄 인쇄
2021년 9월 25일 초판 1쇄 펴냄

글 사진 | 포공영
펴낸이 | 송계원
디자인 | 송동현 정선
제 작 | 민관홍 박동민 민수환
펴낸곳 | 도서출판 담장너머
등 록 | 2005년 1월 27일 제2-4102
주 소 | 11123 경기도 포천시 화현면 달인동로 89-1
전 화 | 031-533-7680, 010-8776-7660
팩 스 | 031-534-7681
이메일 | overawall@hanmail.net
카 페 | http://cafe.daum.net/overawall

ISBN 89-92392-59-4 03810
값 15,000원

* 파본은 본사나 구입하신 서점에서 교환해드립니다.